独占警護

松幸かほ

illustration:
北沢きょう

prism bunko

CONTENTS

独占警護

1

クライアントを右後ろにして、階段を下りる。

階段下には要人を待ち受けるリムジン。

早く階段を下りて、右後ろの彼を車に乗せてしまいたいのだが、高齢でもある彼の足取りは心もとなく、かといって、抱きあげていくには彼のプライドが邪魔をして許可はされなかった。

――早く、早く。

気が焦る。

その心の内を悟ったかのように、道路を逆走してくる車。

防弾ガラスの窓が薄く開き、銃口が彼に向かう。

咄嗟《とっさ》に彼をかばって銃口の前に立ちはだかり――。

「……って、また……」

飛び上がるようにしてベッドに身を起こした栗原直海《くりはらなおみ》は、今まで見ていた夢にため息を漏らした。

目覚まし時計の針はセットした時刻よりも三十分前を指している。

「寝直すにも微妙だな……」

あの夢を見た後は寝付きが悪い、というか、完全に目が覚めてしまった。直海は諦めて目覚まし時計をオフにすると軽く伸びをしてからベッドを出て、シャワーを浴びにバスルームへと向かう。

あれは、半年前の仕事だった。

民間の警備保障会社に勤務する直海は、ある人物の警護についた。

財界最後の大物と呼ばれるそのクライアントは、その一声で株価が動くとまでいわれているのと同時に、様々なコネクションを持つ中で、ある筋からは秘密を知りすぎた存在とも目されていた。

とはいえ、彼の死が自然死でなければ、不都合な事実が全て明るみに出るよう手配されているとのことで、手を出したくとも出せないという状況が続いているらしかった。

年齢からしてそう遠くない未来に彼の命が燃えつきるだろうということもあり、割合安全なものだとその老人は笑っていた。

その彼の海外遊説《ゆうぜい》の最終日。

前日に、突然予定の変更を余儀なくされたその先での襲撃。

クライアントは無事だった。

だが、前に立ちはだかった直海は右肩を撃たれ、その衝撃で階段を落ちた際に足も骨折した。

さっきの夢は、その時のものだ。

「一人前にトラウマとか……情けない」

シャワーを止め、鏡に映る右肩の傷を見る。

緊急手術と、その後で行われた砕けた骨の形成手術。

日を追うごとに傷痕は薄くなり、過去のものになろうとしていて、直海自身も忘れている日さえあるのに、ああやって夢で記憶を掘り起こされる。

「もう終わったんだ」

鏡の中の自分に吐き捨てて、直海はバスルームを後にした。

◇◆◇

「おはようございます」

言いながら直海は勤務先である芳樹《よしき》警備保障の事務室に入った。

本来の所属はSP部門だが、怪我のリハビリ中である今は事務局勤務だ。

SP部門を始めとした実行部と同じく、事務方も二十四時間体制で動いていて、事務室は時間に関係なく日中と同じ気配がしている。

その日の引き継ぎ業務はどこかピリピリとしたムードがあった。それというのも、かなり大きな仕事が入っており、そのクライアントが直接ここに来て、SPを品定めすることになっているからだ。

「クライアントの来社は十時、事務局までは覗かないだろうが、廊下等ですれ違う可能性がある。粗相《そそう》のないようにと実務部からのお達しだ」

チーム長の草壁《くさかべ》の言葉に、

「仕事が流れたら、事務方に責任押し付けそうですもんね」

事務方の朝倉《あさくら》がそう言って笑う。

「そういうことだ。失態を犯しそうな奴はトイレ以外、外に出るな。むしろトイレも行くな。紙おむつでもしてろ。以上だ」

その言葉で引き継ぎは終わり、直海は自分の机に向かう。その直海を草壁が呼びとめた。

「昨日頼んだ資料だが、内容の追加を頼んでいいか？」

「構いませんよ。ただ、内容によっては提出が遅くなりますが」

そう言った直海に、草壁は追加事項を幾つか告げる。

「……だと、どれくらいで仕上げられる？」

「そうですね、資料室へ旅に出ないといけませんから……明日の午前中には出せると思いますが」

「明日の午前中なら充分だ。リハビリの間だけと言わずに、ずっと事務局にいてくれてもこっちはウエルカムだぞ」

笑う草壁に、光栄です、とだけ直海は返す。

足の骨折はもうほぼ問題ない。

だが、右肩はまだ痛みが残り、完治までは今少しかかりそうだ。

――医者は元通りになるって言ったけど……。

それでも本当に現場に戻れるのかと思うと不安は残る。

もともと直海はSPに向いた体というわけではない。

身長は一七二センチと、実務部の中では小さい方……いや、一番小柄だし、骨格そのものが華奢なのだろう、きちんと鍛えて筋肉もある程度ついているが、細身だ。

そんな身体的ハンデを補うために、直海はとにかく技を磨いた。武術はもちろん、日本国内では使う機会には恵まれないが、射撃の腕前は実務部でも一、二を争う。いや、争っていた。

――射撃はまた一からやり直しだな。

胸の内で独りごちた直海は、そこからネガティブスパイラルを起こすのを食い止めて、思考を断ち切ると、草壁に頼まれた資料づくりのために、資料室へと向かった。

資料室にある膨大な書類の中から必要な情報を集める。

資料は社内のパソコンで閲覧できるようにしてあるものも多いが、資料室にある書類は社外秘であるため、データ化されていないものも、資料室からの持ち出しすら禁止されているものまである。

必要な資料のうち、持ち出しの禁止されているものについてはその場で必要事項を記録し、それ以外の資料は借り出し手続きをして、直海は書類を手にまた事務室へと戻る。

「もう昼前か……」

廊下の時計が目に入り、自分が思った以上に資料室に長居をしていたことに気づく。

——他にややこしい仕事はなかったし……、ちょっとやれば……。

事務室に戻ってする仕事の段取りを組んでいると、先の廊下の曲がり角から派手な外国人を含んだ集団がやってくるのが見えた。

数名の外国人を中央に、両脇を実務部長の小野田《おのだ》とSP課のチーム長の高野《たかの》、そして数名のSP課の事務方がいる。

——ああ、引き継ぎの時に聞いてた大口の仕事の人か……。

そんなことを呑気《のんき》に思いつつ、直海は廊下の端によけると、目線が不躾《ぶしつけ》にならないようにやや俯いて視線を下げて、やってくる集団をやり過ごそうとした。

だが、間近まで来たその集団の動きが不意に止まり、直海は不審に思って顔を上げる。

真っ先に直海の目に入ったのは集団の中央にいた外国人の中の一人だった。

豪奢《ごうしゃ》な金色の髪は半分だけ後ろへと流され、半分は前へと下ろされている。瞳は氷のような凍てつく青色だ。

——氷の彫像みたいな人だな……。

細い鼻梁《びりょう》も、少し薄いが形のいい唇も、顔の全てのパーツが完璧なサイズとバランスで配置されていて作り物めいて見え、触れたら冷たいんじゃないかと思えるほどの美貌《びぼう》だっ

た。

『どうかしましたか？』

高野が英語で話しかけると、男は、

『彼は？』

そう言い、直海へと視線を向けた。

彼の視線に続いてその場にいる全員の視線が直海へと集中する。

――え？

どうして自分が注目されているのか、直海は理解できなかったが、高野はすぐに口を開いた。

『彼は栗原直海、今はリハビリ中で事務を執っています』

その説明に男は表情を動かさず、直海を見たままで言った。

『今は、ということはＳＰか』

『ええ、本来の所属は』

『こいつも、俺のＳＰチームの中に入れろ』

「はぁ？」

返ってきた言葉に一番驚いて反応したのは、直海だった。

いや、言いだした本人以外、その場にいた誰もが驚いたに違いないが、とにかくいきなり自分の名前を出された直海は驚かずにはいられなかった。

驚かされた側でいち早く冷静さを取り戻したのは高野だった。

『ミスター・ヴォドレゾフ、申し訳ありませんがそれは無理です』

『なぜだ。元はSPなのだろう』

『リハビリ中だとも申し上げたはずですが』

至極真っ当なその返事で収拾がつくと、恐らくその場の誰もが思った。が、甘かった。

『介助が必要な状況ではないだろう。この要求が通らないなら、ここの契約は結ばない』

——ナニイッテンノ、コノヒト。

全部カタカナに変換されてしまうほど直海は混乱していたし、周囲にしても同じようで、その外国人の傍らにいた茶色い髪の外国人が英語ではない言語で何か言いかけたが、素早く一言返されて押し黙る。

恐らくは、おまえは黙っていろ、的な言葉だったんだろうと察することができた。

『……申し訳ありませんが、私では判断がつきません。ミスター・ヴォドレゾフの身の安全を第一に立てたプランに彼の起用は想定しておりませんので、相談をしてみないことには』

とりあえず高野はそう言ったが回答先延ばしが精いっぱいという様子だ。

『ミスター・ヴォドレゾフ、もう一カ所、案内が残っておりますからとりあえずそちらを先にご覧になって下さい。その間に、上とも相談します』

小野田はそう声をかけると、高野に何か小声で告げた。それに高野は頷《うなず》くと、小野田がひきいていく集団を見送り、充分に彼らが離れてからため息をついた。

「……高野チーム長、あの…俺……」

成り行きのまったく呑み込めない直海が声をかけると、

「しくじったな、一般事務員だと言うべきだった」

高野は苦い顔をして、もう一度ため息をつくと直海を見る。

「おまえ、この後空いてるか？」

「通常業務ですが」

つまり、外出しなければならない用事などはない、ということだ。

「この後、ミーティングでSPの選出をすることになってる。おまえにも出てもらうことになると思う」

「え……？」

「仕方がないだろ、言いだしたら聞かない人らしいからな。俺は社長に今のことを報告しに行ってくる。ミーティングはおまえが必要になった時に内線で呼び出すから、とりあえず事務室へ戻れ」

そう言うと、高野は社長室へと向けて歩きだしたが、直海はまったく事情が呑み込めないまま、しばらくその場に立ちつくしていた。

ミーティングが行われたのはいつものブリーフィングルームではなく、応接室だった。

その部屋にはこの芳樹警備保障の社長であり、直海の叔父でもある芳樹幸秀《ゆきひで》の他、高野に小野田、そしてSP部門の全ての課の長が集まっていた。

高野の言葉通り、途中で呼び出された直海はその場に参加したのだが、物凄く居心地が悪かった。

『ミスター・ヴォドレゾフから先ほど急に提案された、栗原の件ですが』

直海が席について間もなく、高野が切り出した。

『先にお配りした栗原のデータをご覧になっていただけると分かるように、彼のSPとしての適性は高く、その実力は確かに折り紙つきですが、それは万全の状態であればという条件でのことです。先に申し上げた通り、現在は怪我の治療中で、リハビリの状況を考えてもその機動力はかなり劣ります。今は任務につかせることはできません。これは勧められない、という意味ではなく、ミスターの身の安全を保障できない、という意味です』

はっきりと高野は言い切ったが、視線の先にいる先ほどの外国人はためらう様子も、気にする様子も見せずに口を開く。

『能力など、どうでもいい。とにかく入れろ』

――どうでもいいって……。

呆気《あっけ》にとられた直海だが、

『どうでもいい話ではありません。私どもはミスター・ヴォドレゾフの身の安全を第一に考えた計画を立てています。人選を誤ればそれはそのままご自身に危険を呼び込むことになるんですよ』

怒鳴りこそしなかったが、高野の言葉はかなりきつかった。

一気に冷え込んだ空気の中、口を開いたのは社長の幸秀だった。

『ミスター・ヴォドレゾフ、突然の申し出でしたので栗原にはあなたがどういう人物であるか、どのような任務であるかも伝えてはおりませんので、少し時間をいただけますか？少し席を外して説明をしてきたいのですが』

幸秀の口調は柔らかく、下手に出たものだ。それに男は尊大な様子で頷いた。

それを見て幸秀は立ち上がり、視線で高野と直海を廊下へと促した。

「我が儘にもほどがありますよ……っ」

応接室から離れた廊下の片隅で高野が思いのたけを吐き出すように言う。

「まあ、落ち着け、高野」

幸秀はそう言ってから直海へと視線を向けた。

「今回のこと、どこまで知ってる？」

「機密扱いのミッションでしたから、かなり大がかりな身辺警護の仕事だという程度しか」

事務室に戻ってすぐ作戦要綱の検索をかけたが、一般事務に与えられているセキュリティーコードではほとんど何も分からなかった。

「詳細は後で伝えるが、向こうからの依頼でかなりの人数を割くことになっている。そのつもりで調整して、他の仕事をよそに振ったりしてるから、流れるとかなり経営的に厳しい。リハビリ中だってことは充分に分かってるが、いけるか？」

「社長……っ」

高野が反論するように声を上げたが、それを幸秀は片手で制し、直海の返事を待つ。

直海は少し考えてから口を開いた。

「……正直に言えば、怪我をする以前と同じ動きには程遠いですから、他のメンバーと同列にされると困ります。足に問題はありませんが、右肩は腕を九十度から上へ動かすと痛みがありますし……」

それに何よりも精神的な不安がある。

「戦力としてはあてにならない、ということを理解のうえでなら」

自分の口で、戦力外だと告げることはつらかった。

だが、それが己の現状だ。

「そうか……」

幸秀は少し考えた顔をした後、高野に視線を向けた。

「高野、規定の人員プラスワンの形でならどうだ。それなら計画に支障は出ないだろう」

「……計画に支障はありませんが…、直海のケアはまだ万全では……」

高野はそう言って直海へと視線を向ける。

高野はあの日の、直海が怪我をしたあの時も同じチームにいた。

「矢面に立たないポジションなら、そう心配することもないだろう」

幸秀の言葉に高野は苦い顔をしながら頷く。

社長がGOサインを出せと言っているものを高野が覆すことはできないからだ。

応接室に戻り、それぞれ元の場所に腰を下ろす。

『結論は出たか』

尊大な口調で言った男は、自分の言い分が通るのを確信しているのか、余裕を感じさせる表情を見せていた。

それに幸秀はゆったりとした口調で告げた。

『本人の意見等も聞いた結果、栗原はやはりSPチームの一人としてはカウントできないという結論に達しました』

『……なんだと？』

男の目が眇《すが》められる。だが、すぐに幸秀は続けた。

『ですが、ミスター・ヴォドレゾフがどうしてもとおっしゃるのであれば、栗原を任務につかせます。ですが、彼を正規のSPとしてカウントはせず、規定の人員に別枠でプラスワンという形になります。もちろん、栗原の分の人件費も加算するということでよろしければ』

幸秀のその言葉を男は鼻で笑った。

『ふん……一人分だろうと二人分だろうと、好きなだけ加算すればいい』

そんなことくらい造作もない、という様子だ。実際に、一人分の人件費が増えるくらいどうということもないのだろう。

『彼が入ったことで、多少配備の変更等はありますが、それ以外で何か疑問点やリクエストなどはございますか？』

幸秀の言葉に男は頭を横に振った。

『いや。俺がロシアに戻るまで命を守ってくれさえすればそれでいい』

その言葉には妙な挑発が含まれているように感じたが、そういう態度を取る依頼人もいないわけではないので特には気にせず、分かりました、と幸秀は返事をした。

成り行き上、そのまま男を見送り——正式なミッション開始は明日からだが、上客へのサービスとして、今日から数人がSPとしてついて行き——直海は、高野に連れられて本来の職場であるSP課のブリーフィングルームへと向かった。

「これが預かっていたおまえのID。事務員としてのIDは今日の退勤まで使えるように設定してあるが、明日からはこちらを使うように」

机の上に、先の任務の後で回収されたSPとしてのIDカードが置かれた。

「分かりました」

「それから、こっちが依頼人についての詳細と、ミッション内容だ。後で目を通しておいてくれ」

ＩＤカードの横に分厚いファイルを置いた後、高野は小さく息を吐いた。

「本当に、大丈夫か？」

直海に調子を伺う高野の目からは、体を気遣っているというよりも、精神的な面について聞いている様子を感じた。

「正直、その状況に置かれた時にどうなるか自信はありません」

訓練では己の身を盾にするために銃口の前に立った。あの時はその訓練の条件反射で動けたが、実際に撃たれたあの時の衝撃や痛みを知った今、同じような状況になった時に、躊躇せずに銃口の前に立てるだろうか。

頭では分かっていても、鮮やかによみがえるあの日の恐怖が体を竦ませるかもしれない。それは、ＳＰとしては致命的だ。

「言い方は悪いが、おまえはオマケみたいなもんだ。ポジションも後方に回す。リハビリ中だってことはみんな知ってるしな……。とりあえず現場の感覚を取り戻すチャンス程度に思っていればいい」

高野はそう言うと直海の頭を軽く撫でた。

八歳年上の高野は直海にとっては上司というよりも兄のような存在であり、また憧れだった。

幸秀の経営するこの会社に入りたいと思ったのも、高校生の頃に高野に出会ったからだ。
子供のいない幸秀は、甥である直海を幼い頃から可愛がってくれていた。
所属していた空手部が部員の暴力事件で無期限活動停止に追いやられ、うだうだと過ごしていたその年の夏休み、直海はＳＰ課の訓練の視察で渡米するという幸秀について行った。

訓練を国内だけではなく、わざわざアメリカでも行うのは、カリキュラムに射撃訓練を容易に組み込むことができるからだ。

それを直海も見せてもらった。

その日の訓練は、カリキュラムに協力してくれた現地の外国人ＳＰ訓練生も交えてのものだったが、体格的にははるかに優れた彼らの中にあっても、高野の動きは抜き出ていた。

洗練された無駄のない動きはあまりにさりげなく、多くの人物がいる中ではさほど目立つものではないが、だからこそ、確実に任務を遂行できるという様子だ。

それに気がつけば、高野の動きから目が離せなくなり——直海はその夜に、幸秀の会社でＳＰとして働きたいと告げた。

もちろん、最初は反対された。だが、一歩も引かない直海に幸秀は、とにかく大学は出ろと言った。

『現場で、もしもの事態が起きた時は咄嗟の判断を必要とされる。臨機応変に動くにはいろいろな知識が必要だ』

というのが幸秀の言い分で、直海もそれはそうかと思ったが、後になって、「大学を出ていれば気が変わってもある程度潰しが利く」という心づもりだったと教えられた。

だが、直海の気持ちは変わることはなく、海外での活動も頭に入れて英語には力を入れたし、心理学などの講義も取った。

それに、大学在学中は長期の休みに入るたびに幸秀に頼み込んで、ＳＰの訓練を受けさせてもらい、大学卒業後の一年はアメリカでみっちりとトレーニングを積んで――やっと高野の下で働くことができるようになった。

直海が高野に憧れているということは、幸秀が高野に話していたらしく、大学在学中から高野は何かと目をかけてくれていて、正式に部下になってからは厳しい上司だったが、弟のように思ってもくれていた。

だから、今回の件もかなり心配しているのだ。

いや、直海が撃たれたあの一件は高野の中にも濃い影を落としているのだろう。

何しろ、高野の目の前だった。

「大丈夫ですよ、今の自分の力量は痛感してますから。足手まといにならないように後ろで大人しくしてます」

直海は笑ってそう言うと、ＩＤカードとファイルを手に取った。

「ミッションは明日の朝からですよね？」

「ああ。おまえはとりあえず第二班と一緒に昼から来い。詳しいタイムスケジュールは今夜作っておく」

「了解しました。俺も急ぎで事務の方の仕事終わっとかないと」

何しろ頼まれていた資料作成がある。

「お互いイレギュラーには悩まされるな」

ようやく普段のように笑って言った高野に、ええ、と直海は頷いた。


残業をして頼まれていた資料を作成してから、直海は渡された依頼人のファイルを開いた。

依頼人の名前は、イヴァン・ヴォドレゾフ。年齢は二十九歳。

――二十九って、二つしか違わないのか……。

もう少し年上のようにも見えたが、あの我が儘さ加減を思えば、年相応かとも考えながら読み進めた。

ヴォドレゾフはロシアの大財閥で、彼はその御曹司らしい。父親は病気で余命を宣告されており、他に兄弟もないことから彼がただ一人の後継者だ。

だが、彼が幼い頃に亡くなった母親は、ロシアンマフィアのレメショフ・ファミリーの首領の娘であり、彼は大財閥の御曹司であると同時にマフィアの首領の血をも引いていた。

そのレメショフ・ファミリーがヴォドレゾフの代替わりを機に、孫であるイヴァンを利用しようとするのを感じ、いち早く縁を切る、と宣言した結果、命を狙われる羽目になっているらしい。

さらには、ヴォドレゾフの後継者の座を狙っている父親の兄弟――叔父たち――からも命を狙われている様子だ。

「そのため、安全な日本に滞在し、本国での事態の収束を待つことになったものである……か」

直海はプロフィールと来日理由までを読んで、ため息をついた。

確かに、銃規制がされており、一般市民がおいそれと銃を所持しないだけ日本は安全ではある。

いきなり隣人が銃をぶっ放して襲ってくるというリスクはかなり低いからだ。

とはいえ、暗殺を生業《なりわい》とする者がいないわけではない。そういう連中の前には銃規制などないのと同じだ。

そして、ＳＰとはいえ、直海たちが丸腰である分、分が悪い。

――まあ、依頼人にとっちゃ、かなりリスクが減る国ではあるけどな……。

胸の内で独りごちる。

しかし、祖父と叔父という肉親から命を狙われている状況では、かなり危なそうな人物であることだけは確かだ。

――気を引き締めてかかんないとな……。

そう思いながら、直海は資料を閉じた。

2

翌日の午後、直海は第二班と一緒に、イヴァンが滞在しているホテルに到着した。プレジデンシャルスイートを含む三つのスイートルームがあるそのフロアは、一般客が利用するエレベーターには階数ボタンが存在しない。カードキーと暗証番号を必要とする特別なエレベーターでのみ、フロアに降りることができる。

そのフロアをイヴァンは貸し切っていた。

以前一度だけ仕事で来た時にも感じたことだが、エレベーターを降りてすぐから別世界のように豪華だ。

「二班、到着しました」

エレベーターを降り、まず向かったのは直海たちの食事や休憩などのために使用するエグゼクティブスイートだ。

班長が到着を告げると、部屋の扉が開けられ、すぐに簡単な現状についての説明が行われた。

その後、先に来ていた第一班の一部と交代し、決められている任務についた。

直海に振られたのは、直接要人を警護する役目ではなく、警護する人員を調整するポジションだ。調整といっても基本的にすることはなく、トイレなどの時に短時間交代したり、買い出しなどのちょっとした手伝いといった、いわば雑用だ。

「栗原が現場入りするって聞いて、ちょっといろいろ期待して準備しちゃったよ、俺」

そんな風に言うのは救護班の堤《つつみ》だ。怪我人などは出ないに越したことはないのだが、もしもの時のために必ず救護班もいる。堤は医師資格を持っていて、腕はいいけれど、言動が少し危ない。

「堤さんの期待に添うと、大量の血を流す方向になるんで、遠慮します」

「大丈夫だって、俺がついてるから」

ウインクをされても、正直まったく嬉しくない。

「堤が暇な方がチームにとってはありがたいよ。でも、栗原を買い出しなんかで使えるの今だけだろうなぁ」

笑って言う同僚の大久保《おおくぼ》に、直海も笑いながら、

「新人の頃を思い出して新鮮ですよ」

そう返した。

ＳＰ課に所属してすぐの頃は、現場に入っても、まずは人の動きなどを掴み、空気に慣れるため、しばらくは雑用ばかりだった。

もっとも雑用といっても、必要な物事が出る前に察知して準備をしておく、という能力を養うものでもあった。そうすることで、仕事が円滑に進むからだ。

エグゼクティブスイートのダイニングで、みんなが飲むドリンク類や軽食の数を確認していた直海だったが、俄《にわか》に廊下が騒がしくなったのを感じ、顔を上げるのと同時に、ダイニングのドアが開いた。

『おまえ、こんなところで何をしている』

そこにいたのは、不機嫌そうなイヴァンだった。その後ろで困惑した様子の高野がいた。

『ＳＰが利用する飲食物の確認作業をしていましたが……、どうかなさいましたか、ミスター・ヴォドレゾフ』

何をしていると言われたが、仕事内容を聞いているわけではないことくらい分かる。

イヴァンはつかつかと直海に近づくと、

『そんな任務、あってもなくてもいいようなものだろう』

そう言った。

『いいえ、あなたを警護するには、私たちも万全の態勢でなければなりません。そのためには……』

『御託はいい』

直海の言葉を途中で遮ると、イヴァンは高野を振り返った。

『こいつは、俺の一番そばにおけ』

『ミスター、先日も説明した通り今の栗原はあなたの警護をこなせる水準にありません』

『そんなものは求めていない、暇潰しに適当な人材であればいいだけだ。こいつは二十四時間、俺のそばにいさせろ』

いきなりの無茶振りに直海は困惑を深める。

「二十四時間って……」

寝るなとか絶対無理だろ、と思いつつも、もともと、この目の前の人物の我が儘で自分が今回の任務にねじ込まれたことを考えると、早めに手を打った方が無駄が省ける気がした。

時間的な意味で。

「高野チーム長、この人、引くって言葉知りませんよ絶対」

直海は表情や声の調子を変えず、だが、イヴァンの理解できない日本語で悪態をつく。

「ああ、それは充分すぎるほど理解してる」

「時間の無駄なんで、承諾しちゃいましょう」

「直海……」

「もともと俺はおまけポジションですし、俺がいなくても全体の警護計画には支障は出ないと思います」

だったら、自分がどのポジションについても同じということだ。

高野は渋い顔をしていたが、もし拒否をしたら、イヴァンが要求を通すために無茶をしでかす予感――というよりは確信があるため、渋々頷いた。

「悪い……」

「いいですよ、気にしないで下さい」

直海がそう言うと、一つ小さく息を吐き、高野はイヴァンを見た。

『分かりました。そこまでおっしゃるのでしたら、栗原をあなたのそばにつけます。ですが、行ってもらう予定だった仕事がありますから、二時間後からです。その程度はお待ちいただけるでしょう？』

二時間もかかる作業など何もないが、高野なりの嫌がらせだということは、今にも「ガキが駄々こねんじゃねぇ」と言いだしそうな口調から察せられた。

とはいえ、イヴァンは納得したのか、部屋で待っている、せいぜいしっかり仕事をしろ、と言い置いて部屋を出ていった。

それを見送ってから、高野は直海を見た。

「二時間休憩してから、奴の部屋へ行ってくれ。本当に悪い」

「いいですって、別に」

笑って返し、直海はとりあえずやっておかなくてはいけない備品の確認などをした後、高野に言われた通り休憩をして、きっちり二時間後にイヴァンの部屋へと向かった。

◇◆◇

イヴァンが使用するプレジデンシャルスイートは三つのベッドルームと二つのバスルームがあるのだが、メインベッドルームから続くリビングダイニングは、もう二つのベッドルームなどとは独立した造りになっている。

通常リビングと廊下は解放感のあるガラスの引き戸などになっていることが多いが、この部屋はそうではなく、観音開きの重厚なオーク材の扉で隔てられていた。その扉の前に、昨日もイヴァンと一緒に来ていた男が立っていた。

手渡された資料には、イヴァンのボディーガード兼身の回りの世話役のような立場で、ボリス・イヴァネンコという男だ。

がっしりとした体躯は確かに屈強なボディーガードという印象だ。

「ミスター・ヴォドレゾフに呼ばれて参りました」

直海が言うと、ボリスは頷いた。

「ああ、聞いている」

イヴァンの英語はネイティブに近かったが、ボリスの発音は少し癖がある。もっとも直海もどうしても母音が強くなる癖が抜けないので、ボリスの発音をどうこうは言えないのだが。

ボリスはリビングへと続くドアをノックし、ロシア語で中にいるイヴァンへ声をかけた。中から短く返事があり、それを聞いてからボリスはドアを開いた。

「どうぞ」

促され、直海は室内へと入る。ドアはボリスによってすぐに閉められた。

イヴァンはリビングのソファーに腰を下ろしていた。

傲岸不遜《ごうがんふそん》などという四字熟語がぴったりくるような様子で。

「お待たせしました」

直海が言うと、

「ドアの鍵をかけて、こっちへ来い」

イヴァンはそう言った。

「鍵、ですか？」

妙なことを言うな、と思う。ボリスは鍵を開けた様子はなかったから、鍵は開いていたはずだ。

「さっきは開いていたと思うんですが」

一応聞いてみる。

「おまえが来る頃だろうから、開けておいただけだ。基本的に、鍵はいつもかけている。いつ襲われるか分からないからな」

四六時中、身の危険を感じていなくてはならない状況であれば、確かに必要な備えの一つだろう。

——用心深いのは、助かるな。

無防備な依頼人というのもたまにいるが、割と困る。

何が危険かを知っているという点では、やりやすい気がした。

直海は言われた通りにドアに鍵をかけると、イヴァンの座るソファーの斜め前まで歩み寄った。

イヴァンは直海の姿を頭の先から足先までざっと見ると、

「おまえにＳＰとしての能力は求めていない」

そう言い放った。

もちろん、それを求めるなと言ったのはこちら側なので、求められても困るのだが、それをこうもはっきりと言われると、正直、ムカッとする。

しかし、それが表情に出るのはなんとか堪えた
「ええ、こちらとしても助かります」

平坦な口調で返した直海に、イヴァンは続けた。

「ＳＰをぞろぞろ引きつれて外出するのも面倒だ。だから必要のない限りはここにいてやる。その方がおまえたちも仕事がしやすいだろう。だが、退屈な思いをさせられることには違いない。おまえは俺が退屈をしないように遊び相手になれ。ＳＰとしては役立たずでも、それくらいならできるだろう」

正直、こめかみに青筋が立ちそうになった。

――うわー、殴りたい、グーで殴りたい、こいつ……。

それが本音ではあるが、これまで海外のセレブといわれる客の相手をかなりこなしてきた直海は、むかっ腹の立つ我が儘を言われた経験も多い。

それらにうわべだけの笑みを浮かべつつ、落とし所を探して対応してきた直海にとっては、イヴァンの言葉は腹が立つ以外の何物でもないが、求められているのが暇潰しの相手なら、造作もないことだ。

「かしこまりました。さしあたって、何かご希望は？　なさりたいゲーム、お読みになりたい本などございましたら、すぐに手配いたしますが」

依頼人に気持ちよく過ごしてもらうために聞いたのだが、

「別に」

返ってきたのはそっけないその言葉だけだ。

――なら、なぜ呼んだ……！

怒りゲージが順調に溜まっていくのを感じつつ、

「では、何かございましたらお教え下さい」

そう言って、適当に離れた場所で立っていようと思ったけれど、

「気配が邪魔だ。そこに座っていろ」

イヴァンは、前のソファーを顎で示した。

――気配が邪魔って……。

なら、なぜ呼んだ、その二だ。

「座らせていただいても、完全に気配を殺すことはできませんがいいですか？」

少し嫌味を交えて聞いてみる。

「そんな芸当ができるとも思っていない」

鼻で笑ったイヴァンに、そうですか、とだけ返し、直海はイヴァンの前のソファーに腰を下ろした。

――できるだけ、気配を消していよう……。

そうじゃないと、何を言われるか分かったものじゃない。

それに、気配を『殺す』ことはできないが、ある程度『消す』ことはできる。

敵にひっそりと近づく際、気配を消して行動するのは基本だ。

その能力が特化すれば気配を『殺す』ことも可能なのだろうと思うが、直海はそこまでの域に達していない。

達する必要がなかったからだ。

もっとも必要があったからといって、おいそれと達することのできる域ではないが。

とにかく、イヴァンの邪魔にならないようにだけはしておこうと心に留めながら、直海は静かにソファーに座したままになる。

イヴァンはテーブルの上に置いたノートパソコンの画面を眺め、時々思い出したようにキーボードを叩いている。

何をしているのかは分からないが、さっきちらりと見た範囲では、ゲームなどをやっている様子ではなかった。

財閥の御曹司という立場から考えると、仕事をしているのかもしれない。

――ネットさえつながれば仕事ができるって人もいるしな……。

そんな風に納得しつつ、とにかく直海は時間が過ぎるのを待った。

退屈すぎる三時間が過ぎた頃、部屋のドアがノックされ、直海は立ち上がるとドアへと向かった。

「なんですか？」

「夕食の時間です」

返ってきたのは同じチームのＳＰの柏原《かしはら》の声だった。

食事は基本的にここのダイニングで、ということになっているのを思い出した。

直海はイヴァンを振り返り、食事だそうです、と声をかけると、イヴァンは頷く。それを確認してから解錠し、ドアを開ける。

柏原の後ろからホテルのダイニングスタッフがカートを押しながらついて来た。そして手際よくダイニングテーブルに食事を準備していくのだが、二人分準備されていくのに直海は違和感を覚えた。

「柏原さん、どうして二人分なんですか？」

聞いた直海に柏原は、え？　というような顔を見せ、

「おまえの分だろ？　夕食から二人分準備しろって」

事もなげに言う。それに直海はイヴァンを振り返った。イヴァンは相変わらずパソコンに目をやっていて、こちらのことは気にしていない様子だ。

「俺、何も聞いてないんですけど。あ、イヴァネンコさんの分とか？」

「いや、彼は別で注文してる」

あっさりと返され、直海は首を傾げる。

「本人に聞いてみます」

直海はそう言って、イヴァンの元へと向かった。

「ミスター・ヴォドレゾフ、夕食が二名分ございますが、どなたかいらっしゃるご予定ですか？」

直海のその問いに、イヴァンは何を言っているんだというような表情を見せると、

「おまえの分だ」

最初に柏原が言ったのと同じことを告げた。

「いえ、俺は別室に準備が……」

エグゼクティブスイートにはちゃんとそのための準備がしてあるし、午後九時の勤務時間を終えてから夕食を取るということになっていた。

だが、そんな直海の言葉に、イヴァンは事もなげに言った。

「毒見役だ」

「毒見って……」

もちろん、暗殺の恐れがある彼にとってはそれも考えられることだとは思うが、それについてはこちらも充分に警戒をして、イヴァンの食事を作る際には厨房にSPを置く許可をもらっているし、各国要人を多く迎え入れるこのホテルはもともとバックヤードの監視体制がしっかりしている。

「絶対に起こらないとは言いきれないだろう」

「確かに可能性はゼロではないと思いますが」

「ならば必要な措置だ。違うか」

そう言われては違うとは反論できない。

とはいえ、クライアントと一緒に食事を——それも、フルコースではないにしてもそれに近いものを——取っていいのだろうか。

直海が逡巡しているうちに、テーブルセッティングが整ったと声がかけられた。

その声にイヴァンは立ち上がり、ダイニングテーブルへと向かっていく。

柏原は直海にアイコンタクトを取ってきて、それに頷いてこちらで一緒に食事をする旨を伝える。

「では、失礼します」

そう言って、柏原とダイニングスタッフが部屋を後にし、直海は再びドアに鍵をかけた。

毒見をさせるつもりというのは本気らしく、イヴァンは先に座していたが何にも手をつけてはいなかった。

直海はとりあえず前菜から順に少しずつ食べていく。そして一通りの毒見を終えてから頷いた。

「大丈夫だと思います」

かなり遅効性のものならこの段階では分からないが、変な味はしなかった。

イヴァンは、そうか、とだけ言うと、ようやく食事を始める。

――優雅って感じだよな……。

傲慢な態度の主ではあるが、こういう時の所作は自然に流れるようで、育ちの良さを感じさせられる。

そんな様子を見ながら、直海は毒見ではない食事を始めた。

勤務シフト終了の午後九時、直海は予定の勤務時間を終えて帰る旨をイヴァンに伝えた。

「私はこれで一度下がらせていただきます。明日は午後一時にまた参ります」

が、それを聞いたイヴァンは眉根を寄せた。

「何を帰ろうとしている」

「は？　普通に交代ですが」

「二十四時間そばにいろと最初に言っただろう」

確かに聞いた。聞きはしたが、戯言《たわごと》というか物のたとえの一つだろうと、高野との間では片付けていた言葉だった。

「さすがにそれは……」

「それがなんだというんだ。おまえは承諾し、ここに来た、そうだろう？」

「そばにいるようにとの依頼に添うために参りましたが、私一人で二十四時間というわけにはいきません。ロボットではありませんので」

そう言うがイヴァンは聞き入れようとしない。そうこうするうちに、交代のための申し送りになかなか戻ってこない直海を心配して、高野がやって来た。

そして、イヴァンは同じ要求を繰り返し――高野は眉根を寄せた。

「SPにも休憩時間が必要ですので、二十四時間栗原一人に警護させることは不可能です。別の者をすぐ遣わせます」

高野はそう言ったがイヴァンが聞き入れる様子はなかった。それどころか、

「休憩時間が必要ならこの部屋で眠ればいい」

そんな無茶な要求をしてくる。

もちろん、家に戻らず二十四時間現場に詰めることも時にはある。今回なら高野がその立場だが、一人というわけではない。チーフが高野と交代で、エグゼクティブスイートの一室で順に休憩を取る形で勤務についている。

だから、直海が一人で二十四時間というのは、あり得ない話なのだ。

「眠っている間は警護ができませんから、こちらにいさせていただく意味もないかと思うのですが」

だから帰らせろと高野は遠回しに言った。しかし、

「この部屋に侵入者がなければSPとしての仕事ができずとも問題ないだろう。それとも、やすやすと外部からの侵入を許すほど、芳樹の人間は無能揃いか」

挑発するような口調でイヴァンは返してきた。

そんな安い挑発に乗るほど、直海も高野も短気ではないが、どこまでクライアントの我が儘を許容するかという部分では多少頭が痛い。

「どーします、高野さん。絶対こいつ引かないですよ」

日本語で直海は高野に問う。

「……予定外勤務だからおまえの人件費倍額でいいならってことにするか？」

「二十四時間計算でですよね？」

「もちろんだ」

しょせん、その程度の報復的な対応しかできないのだが、直海の人件費はかなり高い。今はSPとして一線の働きができないとはいえ、高野は今回の直海のコストは以前と同じ金額で計算していた。

「ミスター・ヴォドレゾフ、栗原にはかなり激務になります。身体的には休むことができても、二十四時間クライアントのそばにいるというのは精神的な疲労が並ではない。気を

許す暇がないとなれば、それなりの料金をいただくことになりますが」

その言葉に、イヴァンは勝ち誇ったような表情で頷いた。

「二倍でも三倍でも、好きなだけ吹っかけろ」

「三倍まではいきませんが、二倍半……程度でしょうか」

高野はさらりと、直海に話していたよりも多くのギャラを上乗せした。それに直海は心の中で驚いていたが、イヴァンは、明日正式な書類を持ってくるようにとだけ言った。

それで直海のお泊まりは決定したのだった。


引き継ぎの申し送りのためにイヴァンの部屋を辞し、詰め所状態のエグゼクティブスイートに向かった直海は、一通りの報告が終わった後、そのままその部屋にあるバスルームで入浴を終えた。

泊まる準備などしてきていなかったのだが、高野がすぐに着替えを手配してくれ、入浴を終える頃にはパウダールームにパジャマと下着、そして翌日に着るシャツが準備されていた。

そしてすっかり寝支度を整えた直海は、本来、ホテルであれば絶対にタブーである「パジャマで廊下を移動」を敢行し、イヴァンの部屋へと戻ってきた。

が、部屋に近づくと言い争いのような声が聞こえ、それはイヴァンと高野のものだった。

急いで部屋に入ろうとすると、廊下にはエキストラベッドが置かれていた。恐らくは直海のためのものだろう。

そして戸口には、ボリスが立っていて、やり取りを面白そうに見ていた。

「一体何が……？」

直海が問いかけた時、

「警護人の体調よりも美観の方が大事なんですか！」

高野が半ば怒鳴り気味で言った。それに直海はボリスの返事を待たず部屋に入り、高野に声をかけた。

「あの……どうかしたんですか？」

その声に、高野は一つ息を吐き、忌々しいという様子で説明をした。

「ミスター・ヴォドレゾフは、おまえのためのエキストラベッドを部屋に入れるのを拒否された。室内の美観が損なわれるから、という理由だ」

「部屋の美観…ですか」

確かに、室内の調度類は全てが美しい調和を保っている。エキストラベッドを入れれば確かにそのバランスは損なわれるだろうが、正直どうでもいい理由じゃないかと思う。

「美観が損なわれた部屋に滞在するくらいなら、外で寝た方がましだ」

絶対にそんなことをさせられないのが分かっていてイヴァンは言う。

正直、直海はかなり面倒になっていた。

――どーせ、何を言ったところで我が儘通すんだしな。

言い争うだけ、エネルギーが無駄だと即座に判断する。

「ソファーで眠らせていただきますから、いいですよ」

その直海の言葉に、高野がきつく眉根を寄せた。

「そこまで我慢しなくていい！　そもそも、おまえの任務に関しては最初からイレギュラー続きだ。これ以上は……」

「高野チーム長、心配して下さっているのはとても嬉しいです」

直海はそう言った後、ですが、と続けた。

「訓練で野宿にも慣れていますから、屋根のあるところで眠れるならそれで充分です」

そうして『彼の機嫌が悪くなって、もっとムチャぶりされる方がキツイですから』と日本語で付け足した。

「それはそうだが……」

「大丈夫ですよ。俺、どこでても眠れるタイプですから」

にこりと笑う直海に、高野はそれ以上言えなくなった。

「……何かあったらすぐに連絡をしろ、いいな」

「了解しました」

直海が敬礼すると、高野は苦笑し、イヴァンに向き直る。

「これ以上、栗原にイレギュラーを強いるのはやめていただきます。もしこれ以上のことがあれば、過度のストレスが栗原にかかると判断して契約条項に基づいて栗原を任務から外します。そうなった場合、契約をキャンセルされても、当初の契約日数の全額分をお支払いいただくことになりますから、その点だけ覚えておいて下さい」

冷たさを伴った事務的な口調でそう言った。

こんな口調の時、高野は相当怒っている。

だが、それさえもイヴァンはどこ吹く風といった様子で頷くだけだ。

「直海、明日は八時からミーティングだ」

もう一度高野は直海へと視線を向け、言った。

「分かりました」

「……ゆっくり眠れよ」

そう言って、軽く直海の頭を撫でると部屋を出て行く。高野が退出するとすぐにイヴァンがドアへと近づき、施錠をした。

直海は一度、奥のベッドルームに向かい、クローゼットに置いてある予備の毛布を持って再びリビングへと戻った。

「ミスター・ヴォドレゾフ、何もなければ眠らせていただきたいのですが、ミスターはまだ起きていらっしゃいますか？」

「もう少し海外市場の値動きを見てから眠る」

「そうですか。では、私もそれまで起きています」

直海はそう言うと、三人掛けのソファーに毛布を置き、寝支度だけは整えたのだが、その様子を見たイヴァンは、

「向こうのベッドで眠ればいいだろう。当てつけのようにこんなところで眠る気か」

むっとした顔でそう言った。

「別に当てつけのつもりでは……」

「ならばベッドを使え。おまえの寝相がよほど悪いわけでなければ、二人で寝ても問題のない大きさだ」

確かに、ベッドルームに置かれていたのはキングサイズのベッドで、二人で寝ても狭さ

は感じないだろうと思う。が、そういう問題ではない。

「お気持ちはありがたいのですが、クライアントと同じベッドで眠るわけにはいきませんから」

直海は遠慮という建前の拒否をした。

その言葉に目を眇めたイヴァンは、マントルピースの横の飾り台の上に置いてあったかなり大きな花瓶を手に取るとソファーに近づき、いきなりそこに花瓶をひっくり返した。

「ミスター、一体何を！」

急いで花瓶を起こしたが水は全てソファーと毛布にぶちまけられてしまっていた。

「床で眠ると言うなら、床も同じようにするぞ」

こともなげにイヴァンは言う。

──我が儘もここまできたらあっぱれだよな……。

思わず、ため息が出た。

「ミスター、ホントにやめて下さい、こういうこと。無駄に迷惑がかかります」

「おまえがすぐに従わないからだろう」

──おまえの周りにはイエスマンしかいなかったのかよ。

友達少なそうだな、こいつ、と胸の中で失礼なことを思いつつ、口先だけで「どうもすみませんね」とおざなりに謝る。

どうあってもベッドで眠らせるつもりらしいし、これ以上、騒ぎになるのは面倒以外の何物でもない。

「ではお言葉に甘えさせていただきます」

同じく口先だけで言った後、直海はぶちまけられた花瓶から飛び出した花を拾って花瓶に戻し、それらを持ってベッドルームの奥にあるバスルームへと向かった。そして花瓶に水を入れて、再びリビングに戻ると、元あった位置に置き直す。

「明日、ホテルスタッフに活け直してもらいます。美観を損ねているのは、今夜は我慢して下さい」

そう言って、今度は濡れた毛布を手にして再びバスルームに向かいランドリーボックスに入れると、戻ってくる時にはバスタオルを持ってきて、それでソファーの座面に染み込んだ水をできる限り吸い取っていく。どうやら染みにはならずに済みそうだった。

その手際に、イヴァンは、

「いつSPを辞めても、ホテルスタッフとして働けそうだな」

嫌味なのかなんなのかよく分からないことを言った。

そりゃどーも、と適当すぎる言葉を返し、これ以上の処置は無理だなと踏んだところで手を止めた。

「室内が乾燥していますから、夜のうちにある程度乾くと思いますが、明日の朝、座ってみてまだ濡れているようなら交換をしてもらいます」

「なぜ今じゃない」

「できればなかったことにしておきたいんです、面倒なので」

思わず本音が漏れた。だが、それにイヴァンはただ笑っただけだ。

「じゃあ、私はもう先に眠らせていただきます。ベッドの右と左、どちらを開けておきますか？」

「おまえが窓側に眠れ」

「分かりました、では」

濡れたバスタオルを持って、直海はベッドルームへと引き揚げる。

イヴァンが眠るまで付き合おうという気は、もう、すっかり消え失せていた。

――絶対寝てやる。意地でも寝てやる……。

固く心に決め、濡れたバスタオルをランドリーボックスに放り込んだ直海は、真っすぐにベッドへと向かった。

ベッドはさすがというべきか、心地がよかった。ふわりと抱きとめるような柔らかさだが、柔らかすぎることもない。

シーツもサラサラで気持ちがよく、久しぶりの現場だったうえに無駄に気を使っていたのか、直海はあっという間に夢の世界に旅立っていた。

3

朝、目が覚めたのは奇妙な重さを体に感じてのことだった。

――何か、体に乗ってる……？

そう思った瞬間、急激に意識が覚醒した。

そして見開いた眼の前にあったのは、まるで彫刻のような美しい顔だった。

「……っ」

予想外の事態に声を出しそうになったのを必死で堪える。

目の前の彫刻のような美形は、イヴァンだ。

――そうだ…ベッドで寝ろとか無茶言われて、面倒くさいことになって、結局そうしたんだった……。

昨夜の顛末《てんまつ》を思い出し、胸の内で嘆息する。

直海は早々に眠ってしまったので、いつイヴァンがベッドに来たのか気付かなかったが
――その気配に気付かないなんてSPとしてはどうかと思うのだが、認識していた以上に

昨日は疲れていたのだろうと考えることにした——それでも正直この状況はどうかと思う。

どういう状態かといえば、直海は今、しっかりとイヴァンの抱き枕にされていたのだ。

しかも抱えるように体に回っている腕は何も纏《まと》っておらず、イヴァンが少なくとも上半身は裸だということが分かる。

もっとも、外国人は真冬でもなければ上半身に何も纏わずに寝る習慣を持つ割合が多いのでそれ自体は特に驚くようなことではないが、抱き枕は滅多にないだろう。

直海はとりあえず腕を外そうと、持ち上げたけれど、イヴァンは外される手を嫌ってさっきよりも強く直海を抱き込んだ。

さて、どうしたものかと直海はやや考える。

勝手に抱き枕にされているのだから、起こしてしまってもいいのだが、なんとなく悪い気がする。

——もうちょっとだけ待つか……。

そう思った時、リビングの置時計が鐘を鳴らし始めた。聞こえた回数は七つ。どうやら七時のようだ。

いつもなら遅くとも六時半には目が覚めるし、一緒に寝るならアラームでイヴァンを起こしてはいけないと思ったので、昨夜は目覚ましをかけていなかった。

だが、思った以上に長時間眠っていたらしい。

――まあ疲れてたし。

もっともな言い訳をして、遅くとも七時半には起きないと、その後のミーティングに間に合わないなと時間の段取りをつけながら、目の前のイヴァンの顔をまじまじと見る。

本当に綺麗な顔立ちをしていると思う。

完璧な美貌、というものの一つじゃないかと思うくらい、全てのパーツの形もバランスも整っている。

――その分、中味は相当アレだけど。

そのアレさ加減のおかげで昨日は随分と振り回された。

滞在中ずっとこんな感じなんだろうか。確か、一カ月の契約――状況によってはもっと長くなる可能性もあるが――だったような気がする。

ということは、少なくとも一カ月はこんな生活が続くのだろうか?

――いやいや、いくらなんでも一カ月ずっと一緒に生活なんてないだろ……。

と、思いたい。結構、割と切実に。

そんなことをつらつらと考えるうちに、リビングから七時半を告げる鐘が一つ鳴った。

さすがにこれ以上は仕事に差し障りがあるので、直海は起こしてしまうのを覚悟で腕を外そうとした。

「……シャ…」

その時、はっきりとは聞きとれなかったがイヴァンが何かを呟いた。

それに一度直海は動きを止めた。このまま起きてくれるかなと思ったが、その気配はなかったため、直海は強引にイヴァンの腕を引き剥がした。

眠りが浅くなってきたところへの直海のその行動は、イヴァンに覚醒を促したらしい。

イヴァンの目蓋が開き、その美しい青の目が直海を捉えた。

「……おはようございます…」

なんとなく間抜けな感じはあったが、とりあえず直海は挨拶をする。それにイヴァンはにやりと笑うと、直海が解いた腕をすぐ元に戻してしまう。

「ちょっと、放して下さい。俺はこれからミーティングの準備があります」

だが、それに対するイヴァンの返事は、

「さぼれ」

の一言だった。

「そういうわけにいきません。放して下さい」

直海がそう告げると、イヴァンは悪だくみを思いついたような笑みを浮かべた。

「おはようのキス一つで解放してやるぞ」

そう言って顔を近づけてくる。悪趣味な冗談だとは思っても、大人しくしているわけにもいかず、直海は全力でイヴァンの顔をブロックしつつ、巻きつく腕を引き剥がす。

本気ではないから、イヴァンの腕は思ったよりも早めに解け、直海はすぐさまベッドから飛び下りた。

「さすがに敏捷《びんしょう》性は高いな」

「朝からアップもなしで全力を出させないで下さい……っ!」

直海はそう言い捨てると、ベッドサイドのチェストに置いた着替えを手にバスルームへ逃げ込み、鍵をかける。

——朝から精神的なヒットポイント、相当削られたな……。

そんなことを思いながらバスルームと続きになっているパウダールームで洗面と着替えを済ませた。

身支度をすっかり整えて直海が出てくると、イヴァンはベッドの上に体を起こし携帯電話をいじっていたが、直海が出てきたのに気付いて、ベッドから下りて、直海の方へと向かってきた。

それは単に、直海の次に洗面を済ませるためだけのことだったが、直海は固まった。

なぜなら、イヴァンが全裸だったからだ。

上半身に何も着ていないのは知っていた。

が、まさか下もだとは思っていなかった。

——全裸の男と寝てたのか、俺……。

その全裸の男に抱き枕にされていたのかと、そう思うと、物凄く気持ちが悪いというか、モヤモヤした。

「何を見ている。おまえにも同じ物がついてるだろうが」

からかうように言うイヴァンに、直海は眉根を寄せた。

「まさか朝から男のストリップを見ることになるとは思っていませんでしたので、戸惑っていました」

口調が事務的になるのは、自分の中の感情を堪えているからだ。

「俺は大抵こうだ。慣れろ」

軽い口調でそう言うと、イヴァンはバスルームへと入っていった。

気配が消えたことに安堵《あんど》して、直海がため息をついた時、リビングの方でドアがノックされる音が聞こえた。

その音に急いでリビングへと向かい、ドア越しに声をかける。

「誰ですか？」

「俺だ。イヴァネンコだ」

聞こえてきたのはボリスの声だ。それに直海は鍵を解き、ドアを開ける。

「おはようございます、ミスター・イヴァネンコ。ミスター・ヴォドレゾフは今、シャワーを浴びていらっしゃいますが、何かご用でしょうか？」

「珍しい、もう起きていたか」

驚いた様子でボリスが言う。

「ええ、さきほど」

「おまえ、これからミーティングだろう？　その間、イヴァンを見ていようか？」

その申し出に、一瞬どうすべきか迷ったが、ボリスはイヴァンの秘書兼ボディーガードのようなものだ。本来はイヴァンの意見を聞かなくてはならないだろうが、短時間だし、問題はないだろう。

「すみません、お願いします。できるだけ早く戻りますが」

「あいつの機嫌が悪くならない程度なら、息抜きをしてきていいぞ。四六時中一緒じゃ息も詰まるだろう」

笑ってボリスは言った。

イヴァンとの付き合いは長そうだし、彼の性格も見越しているのだろう。

息が詰まるというよりも、息の根を止めてやりたい衝動に駆られます、と冗談で返しそうになるのを我慢して、直海はただ笑って、お願いします、ともう一度言うと、ミーティングが行われるエグゼクティブスイートに向かった。

直海が到着したのはミーティングの五分前だったが、すでに全員が揃っていた。それでもミーティングは時間丁度に始まるため、みんなまだ雑談をしていた。

「直海、何もなかったか？」

その中、高野が直海を気遣うようにそう声をかけてくれる。

「おはようございます、大丈夫です」

朝からキスと全裸祭りで精神的なヒットポイントは赤ランプ状態だが、それを言うわけにもいかず、そう返す。

「夜は眠れたか？」

「はい」

「あんまり無茶を言われるようなら、ちゃんと報告しろ。なんとかしておまえを任務から外す」

それに直海は頷いたが、今回の仕事を現場に戻ることができるかどうかの試金石にしたい気持ちもあるので、あの程度ならまだ大丈夫だろうなと思ってしまう。

——我慢できないようなことじゃないし……。

そんな風に自分に言い聞かせながら、直海は始まったミーティングに集中した。

◇◆◇

特に大きなことは何もないまま、数日が過ぎた。

その間、直海は一度として帰宅できず、二十四時間イヴァンの元にいて、夜は同じベッドということも、そこそこな頻度で抱き枕にされていることも変わらないが、そういう状況にも徐々に慣れてしまった。

朝はとにかくイヴァンが起きようがどうしようがお構いなしに腕を引き剥がしてさっさと起き、決められた時間通りの生活を送ることもできるようになった。

つまりは、無駄な遠慮がなくなった、という状況で、直海もある程度の言葉は聞き流したり、無理なものは無理、と押し切ることもできるようになった。

「ミスター・ヴォドレゾフ、どけてくれませんか」

ソファーに座した直海は、自分の膝を枕に本を読んでいるイヴァンに声をかける。

「もう少し待て」

イヴァンは本を読むのをやめず、どこうともしない。そのイヴァンの手から直海は本を取りあげる。

「言っておきますが、どけないと大惨事を引き起こしますよ」

「大惨事？」

「トイレに行きたいんです。この場で漏らしてもいいですが、その際、あなたの後頭部も無事で済むとは思えないので」

丁寧な物言いではあるが、そのままをストレートに口にすると、イヴァンは笑いながら身を起こした。

「さっさと行ってこい、小便小僧」

「さすがにスカトロ趣味はないんですね。ちょっと安心しました」

しゃあしゃあとそう返し、直海はトイレへと向かう。

最近はずっとこういう感じで、さっきの膝枕のような嫌がらせとも思えるスキンシップを除けば、慣れた分も相まってかなり楽な仕事になってきている。

高野に言わせれば『おまえの感覚がマヒしているだけだ』ということなのだが、そこはあまり考えないようにした。

トイレから戻ってくると、イヴァンは本を読むのは諦めた様子でパソコンを開いていた。

それを横目に、時計を確認すると時刻はもうすぐ五時になろうとしていた。

「ミスター、そろそろ会食の準備を始められた方がいいんじゃないですか？」

直海の言葉に、イヴァンは時計を見ると、ため息をついた。

「面倒だな」

「取りやめにされますか？」

「できるならそうしている」

仏頂面でそう言うと、イヴァンはパソコンの電源を落とし、着替えるためにベッドルームへと向かった。その後ろ姿に、直海は声をかけた。

「私も準備があるので、少し部屋を出ます」

「ああ」

気のない返事に直海は苦笑する。

今夜は駐日ロシア大使との会食がセッティングされていた。

本人はかなり渋ったのだが、どうしても断ることができなかった様子だ。

会食の場所はロシア大使館で、そこには直海もついて行くことになっていた。

——今回の任務で初めての外出だな。

イヴァンもだが、それに付き合いこもりきりになっている直海にしても久しぶりの外出だ。

直海は部屋を出ると、準備のためにエグゼクティブスイートへと向かった。

インカムや防弾チョッキなどの準備をしていると、高野が声をかけた。

「栗原、行動表は頭に入れたか？」

「はい。変更はありますか？」

「いや、ない。……おまえには久しぶりのシャバになるな」

「入院してた時以来ですよ、部屋に閉じこもりきりなんて」

そう言って笑う直海に、高野は少し厳しい顔をした。

「……大使館内では向こうもメンツがあるからおかしなことはないと思うが、無理はするなよ」

「何か情報が入ったんですか？」

直海は真面目な顔で聞き返した。

「いや、そうじゃない。おかしな輩が入国したって話はないし、日本で外国人がうろうろしていれば、やはり目立つからな。向こうが使うとしたら日本人だろう。だが、そっち方面でも情報は入ってない」

イヴァンの命を狙っているのは、父方の叔父絡みと、母親の実家のマフィア絡みだ。前者がどの程度のコネクションを持っているか分からないが、日本で荒事をしかけてくる可能性は低いと判断された。何か接触を図るとすれば、正攻法でくるだろう。

恐らく今夜のロシア大使との会食はそちらからの依頼らしいという話になっていた。

そして後者であるマフィアとなると、かなり厄介だ。

日本の裏社会と深いつながりを持っていても不思議ではないし、たとえつながりが今はなくとも、相手から依頼されれば恩を売っておこうと近づく組織も少なくはないだろう。

その手のプロを使ってくる可能性が高かった。

「坊ちゃんがうるさいから、おまえは坊ちゃんのすぐそばにつけるが……動けなくても、気に病むなよ」

高野が言いづらそうにしながらも、その言葉を口にした。

「……はい」

返事をすると同時に、胸の奥に鈍く痛むものを感じる。

高野は、直海が抱えているトラウマに気付いている。

いや、気付いているというのではなく、過去の例から心配をしているのだろう。

依頼人をかばって撃たれた者が、同じ状況になった時に、咄嗟に動けなくなることはまままある。

訓練時には動けていても、だ。

「おまえはまだ、訓練も途中なんだからな」

「分かってます。行動表を見たら、俺のすぐ横に大久保さんがいてくれるんで、心強いです。大久保さんなら、絶対俺の盾になってくれるって信じてます」

そう言った直海に、少し離れたところで話を聞いていた大久保が両手で顔を覆った。

「栗原、ヒデェ！　おまえ俺に死ねって言ってんの？」

「安心して下さい、月命日には欠かさずお参りしますから」

純真な目を装い直海が返すと、クスクスと笑いが起こる。

とんでもないブラックジョークではあるが、無駄に張りつめていた空気がそれで薄れる。

「ていうか、一応俺、坊ちゃん守れって言われてんだよ、おまえじゃなく」

「大久保、この際だ、栗原の警護が優先されても可とする」

高野の声は笑っていたが、目が笑っていない。

よほどイヴァンに対してはつもるものがあるらしい。

——だって俺の着替えとか、誰かに取りに行かせれば済む話なのに、全部新しいの揃えさせてイヴァンに請求回してたしな、高野さん……。

いきなり決まった二十四時間体制での勤務で、そのうえ、最低限の着替えなどを取りに戻りたいというのまで拒否された直海は、当初、着替えを誰かに取りに行ってもらおうと思っていた。

だが、高野があっさりと、全部買うから費用はそちらで持ってくれ、とイヴァンに言い、イヴァンもそれを承諾したので、買い揃えたのだ。

しかも、何気にお高いラインの商品で。

おかげで、このところ直海が着用している服は全て、本来の自分の持ち物よりもランクの高い物ばかりだ。

若干、職権乱用な感じもしないではないが、高野に言わせれば、

『向こうの我が儘を最大限呑んでるんだし、この程度は許される。それに、奴の財力を考えれば痛くも痒くもないレベルだ』

ということらしい。実際、金銭面ではそうなのだろうと思うが、感覚が庶民な直海は最初のうちはどうにも落ち着かなかった。

もっとも、今は慣れたというか、考えないようにしているが。

「とりあえず、ロシア大使館の周辺全てのポイントに怪しい動きはない。大使館全体に被害を出すつもりで迫撃砲でも撃ってくるっていうなら、話は別になるだろうがな」

高野はそう言うと、そこから細かいミーティングへと進めた。


大使館へは予定通りに到着した。

さすがに会食の席にまで直海は同席をしないため、部屋の前で他のＳＰとともに待機して、会食が終わるのを待つことになる。

予定されているのは二時間半だが、会食が盛り上がれば延長されるということも織り込み済みだ。

「会食長引いたら、俺らの夕飯凄ぇ遅くなるだろうな」

「予定だと九時終了ですけど……十時までに戻れたら御の字じゃないですか？」

同じく待機している大久保に、直海は時計を確認しながら言う。

時刻はもうすぐ八時になろうとしていた。

出てくる前に少し軽食をつまんではいるが、行動に差し支えないよう、本当につまむ程度のものだ。

もちろん、半日以上食べずに過ごさねばならないような現場も経験しているので、我慢ができないわけではないのだが、イレギュラーがない方が嬉しいのは間違いない。

「おまえっていつもミスターと飯一緒なんだろ？」

「ええ、毒見役ってことで」

最初は確かそう言われていたし、今も先に直海が一通り手をつけてからという形なのだが、正直普通に食事をとっているという気しかしない。

もっとも今夜はイヴァンがここで食事をするので、直海は久しぶりにみんなと同じ弁当を後で食べられる。

「厨房にも監視をつけてるんだし、そこまでしなくてもって思うんですけど」

同僚に準備される弁当も決して粗末というわけではないが、やはり自分だけ特別なものを食べているのは居心地が悪かったりもする。

だがそんな直海の気持ちも見通しているのか、大久保は、

「いい飯食うくらいの贅沢《ぜいたく》、しても罰は当たんねぇよ。二十四時間寝起きまで一緒なんて、嫁でもねぇのに、俺、絶対嫌だしな」

そう言って笑う。

「そうかもしれませんけど……その前に大久保さん、独身ですよね？」

「そこはスルーしてくれよ」

大久保が苦笑いした時、突然、会食をしている部屋のドアが乱暴に開けられた。

それに振り向くと、イヴァンが険しい顔で出てくるところで、そのイヴァンの手を掴みロシア大使が引きとめようと何かを必死で言っている。

しかし、イヴァンはその手を振りほどくと、キツイ口調で何かを言い、直海を見た。

「帰るぞ」

「え……」

直海の返事も待たず、イヴァンは廊下を進む。

「ちょっと…待って下さい」

イヴァンを追いかけねばと思うが、大使も気になってそちらを見ると、大使夫妻が焦りと不安の入り交じった様子でボリスに何か言っていた。

ボリスはちらりと直海を見ると頷く。

会食はこれで終了という意味だろう。

直海は大久保とともに少し先を行くイヴァンを追いかけながら、インカムで出入り口に待機しているメンバーに連絡を取る。

「会食が切り上げられました。すぐに車の手配を。裏口を使います。ルートはCで」

『了解。三分で車を回す』

突然の事態だったが、どんな状況になってもすぐに動ける態勢にしているため、混乱は起きないが、少しあたふたする。

直海は気持ちを落ち着けるために一度小さく息を吐き、先を行くイヴァンの手を掴んだ。

「ミスター、待って下さい」

それにイヴァンはイライラとした様子で足を止め、直海を見た。

「裏口から出ます。こちらへ」

頭の中に叩き込んでおいた地図を思い出しながら、裏口へと誘導する。

イヴァンは黙ってついて来た。

裏口に着くと、整然とSPが並んでいた。

「車は」

大久保の問いに、あと三十秒です、と返事がある。少しすると裏口の外に車が停められる気配がした。

それと同時に扉が開けられ、並んでいたSPとともにイヴァンを警護しながら車のドアへと向かう。

後部座席にイヴァンとともに直海が乗り込み、その間にナビシートには大久保が座った。

それを確認すると、他のＳＰが後ろに待機していた同じ車種の車に乗り込んだ。

「出て下さい」

後ろの車のドアが閉まる音を聞いて、すぐ直海が指示を出す。

その声に車はゆっくりと動きだした。

「ボリスは」

イヴァンが聞いたのは大使館の門を出てからのことだった。

「玄関から出る車に」

短く答えた直海に、イヴァンは何も返しはしなかった。

車内は無言のままで、直海が指示したルートを走り、ホテルへと到着した。

プレジデンシャルスイートに戻ると、最短ルートで帰っていたボリスがイヴァンを出迎えた。

イヴァンはロシア語で何か嫌味らしき一言を告げると部屋に入り、ボリスは小さく肩を竦めただけで、何も言おうとはしなかった。

直海はイヴァンの後を追ってすぐ部屋に入った。

イヴァンは苛立ちを隠そうともしない様子で、ネクタイを乱暴に解くと投げすてるように床の上に放る。

そしてジャケットも同じく適当に脱ぎ散らかした。

まるでその様子が癇癪《かんしゃく》を起した子供のようで、直海はとりあえずそれらを拾って近くの椅子の背にかける。

その間にイヴァンは部屋のワインセラーへと足を向け、何本かのワインを引っ張り出していた。

「ミスター、お食事が中途半端になってしまわれたんじゃないですか？　ルームサービスをお取りしますか？」

食事という気分ではないだろうなと思いつつ聞くと、やはり返ってきたのは、

「適当に酒に合うものを持ってこさせろ。それから、ワイン以外の酒もだ」

ほぼ予想通りの言葉だった。

直海はテーブルの上にルームサービスのメニューを広げ、イヴァンに見せる。

「お酒は何になさいますか？　酒肴《しゅこう》はそれに合わせたものをと言えば適当に持ってきてくれるはずです」

直海の言葉にイヴァンが面倒くさそうに指し示したのは、直海が自分で金を出して飲むことは絶対にないだろう超高級ブランデーだった。

「それから、ウォッカを。なんでもいい」

付け足された言葉に、やっぱりロシア人だな、と思いつつ、はいと返事をして、エグゼクティブスイートへとまずは連絡を入れる。

「ルームサービスを注文して下さい。レミーマルタンのルイ十三世とそれからメニューにはないんですがウォッカを。そして、それらのお酒に合う酒肴を適当に何種類か」

『分かった。すぐ注文する。……これからこっちに来られるか？　チーム長が経過報告をしろって』

「分かりました、出られそうなら行きます。無理だったら、電話で」

そう言って受話器を置くと、直海はソファーでワインを飲み始めたイヴァンの元に向かう。

「ミスター、報告があるので少し出てきて構いませんか」

その言葉にイヴァンは眉根を寄せたが、

「十五分で戻れ」

と、一応は許可をくれた。

了解しました、と告げて直海は部屋の外に出る。そこにはボリスが待機用に置いた一人掛けのソファーに座していた。

「あの、ミスターが酒盛りを始めそうな感じなんですけれど、どうすれば？」

どの程度飲む人物なのか分からないので、一応聞いてみた。

「どうもしなくていい。酔えば適当に寝るだろ」

返ってきたのは、軽い口調のそんな言葉だった。

「泥酔するまで放置でいいってことですか？」

「まあそういうことだ」

それでいいのかと疑問に思わないわけではなかったが、付き合いの長いボリスが言うのだからそれでいいのだろうと考えることにした。

「これから報告に行くんですが、大使館では何が？」

「高野にも説明はしておいたが、大使はあいつの叔父と知り合いでな。まあ余計なことに口出しをしてきたってところだ」

それで、出かけたがらなかったのかと納得できた。

「そうですか。あ、俺がいない間にルームサービスが来るかもしれませんが、ミスターが注文されたものなので、中へ運んでもらって下さい」

「分かった」

「お願いします」

直海はそう言って軽く頭を下げると、高野の元に急いだ。

「急な変更だったが、対応に問題はなかった。おまえの動きも指示もな」

一通りの経過報告の後、高野はそう言い、直海を褒める。

「ありがとうございます」

「それで、坊ちゃんはどうしてる？」

「かなりキレキレで、酒盛りを始めてますね。ボリスさんは、泥酔するまで放置でいいって言ってましたけど」

「なら、それでいいんじゃないか？」

あっさり高野は言う。

「そんな簡単に……」

「止めたところで止まらないだろうしな。それに、どうせ明日は何も予定が入っていないんだから、多少の二日酔いくらいどうということもないだろ」

「まあ、付き合わされるだろうおまえが心配っちゃあ、心配だけどな。ほら、おまえの分の弁当」

大久保がそう付け足しながら、直海の分の夕食の弁当を差し出した。

「ありがとうございます」

直海が受け取った時、部屋にボリスが姿を見せた。

「ボリスさん、どうしたんですか？」

「イヴァンが時間が過ぎてるからおまえを呼び戻せとさ」

その言葉に直海は時計を見る。確かに時刻は言われた十五分をとうに過ぎていた。

「確かにそうですね。では、俺は部屋に戻ります」

高野に向かい、直海がそう言うと、

「この後の交代ミーティングは出なくていいぞ。坊ちゃんについてろ」

高野からはそう返事があった。交代ミーティングは三十分後に始まる予定だったが、機嫌の悪いイヴァンに配慮しろということなのだろう。

「分かりました。では、明日の朝」

「ああ」

軽く手を上げた高野に目礼を返し、波はイヴァンの元へと向かった。

部屋に戻るとすでにルームサービスが届いていて、ソファーセットのテーブルの上に所狭しと酒肴が並び、氷などの準備も整えられていた。

「戻るのが遅くなってすみません」

一応謝罪の言葉を口にして、向かい側に腰を下ろそうとすると、

「こっちへ来て酒の相手をしろ」

イヴァンに隣の席を示される。

逆らわない方が無難なので、分かりましたと返事をし、直海はイヴァンの隣に座った。

――もうワインボトル一本空いてるじゃん……。

床に置かれていたワインボトルに気付き、心の中で息を吐く。

ロシア人は酒に強いというイメージがあるが、どうやらイヴァンはそれを裏切らない人物のようだ。

「おまえは何を飲む」

聞かれてイヴァンの手元を見るとルイ十三世をストレートで飲んでいる様子だ。

「同じのをいただきます。その前に弁当食べさせてもらっていいですか？」

直海はさっきもらってきた弁当の包みを軽く持ち上げ、問う。

「それが夕飯か」

「ええ」

「それを食べる前に、ルームサービスの毒見をしておけ。俺がいつまでも食べられないだろう」

そう言われ、それもそうかと思った直海は、先に毒見役としての仕事についた。

とはいえ、毒見というよりもただの食事になってしまうのはいつものことだ。

一通り食べ終える頃には、ある程度空腹は満たされていたが、やはり米が食べたくて直海は弁当の蓋を開ける。それをイヴァンがじっと見ているのに気付いて、直海は、

「……何か召し上がりますか？」

一応聞いてみた。だが、それをイヴァンは鼻で笑うと、グラスのルイ十三世を飲み干した。

——感じ悪っ！

確かに、豪華な料理を食べ慣れているイヴァンからすれば、直海たちがいつも食べる弁当などは食指が動かないものかもしれないが、物凄く感じが悪かった。

だが、イヴァンの感じが悪いのは時々あることなので、気にするのはやめ、直海は弁当を食べる。

日本人はやっぱり米だなぁなどと思いつつ、米を食べたいという欲求を満たした直海が弁当の蓋を閉じた頃、イヴァンはウォッカに鞍替《くらが》えしていた。

とりあえず直海は空いているグラスとワインボトルを片付けたり、冷えたグラスから落ちてテーブルを濡らしている水滴をふき取ったりしつつ、イヴァンの様子を窺う。

イヴァンは無言だが、ピリピリと怒っている気配が伝わってきて、正直落ち着かなかった。

「……飲めと言っただろう」

様子を窺う直海に、イヴァンはイラッとした口調で言う。

「あ、そうでしたね、いただきます」

一応まだ勤務中ではあるので、どうかと思うのだが、イヴァンを無駄に怒らせたくもないので、直海は手近のグラスに自前で飲むのは一生不可能だっただろう高級ブランデーを注ぐと、ちびちびと飲み始める。

確かに、かなりおいしいお酒だと思う。だが、空気が重くて楽しめない。

――まあ、酔っ払うわけにいかないから、楽しくない程度でいいけど……。

イヴァンが酔い潰れて、明日ずっと二日酔いでも問題はないが、直海はそう言うわけにはいかないのだ。

もちろん、イヴァンのそばにいるだけの、仕事ともいえないような仕事だと感じもしているが、いつ何があるか分からないのだから、自己管理は基本中の基本だ。

そんなことを考えながら、直海はイヴァンに怪しまれない程度に酒を飲む。そして二杯目が半分ほどまで減った時、それまで無言だったイヴァンが、何か言った。

「……どうかしたんですか?」

聞きとれなかったのは、ロシア語だったからだ。

だが、問い返した直海にイヴァンは答えず、手に持っていたウォッカのグラスをテーブルに乱暴に置くと、いきなり直海にのしかかり、そのまま口づけた。

「……！」

むっとするような濃いアルコールの匂いに直海は気を取られる。

その隙を見逃さず、イヴァンは直海の口の中へと舌を入り込ませた。

——この野郎……！

酔っ払いのしていることで、明日の朝にはあっさりと忘れているようなレベルだとは思っても、イヴァンに対して怒りの沸点が低くなっている直海には許しがたいことだった。

無遠慮に蠢《うごめ》いて口腔を舐め回すイヴァンの舌に噛みついてやろうとしたが、その寸前で顎を強く掴まれ、阻まれる。

それならばとイヴァンの襟足の髪を掴んで強く後ろに引き、力技で放させようとした。

だが、イヴァンは何を思ったかもう片方の手をいきなり下肢へと伸ばし、直海自身をズボンの上からしっかりと捕えて握りしめた。

「……っ…」

思いもしなかった反撃に直海の手の力が弱まる、それと同時に顎を捕えていたイヴァンの手が離れて、直海の体を押さえつけるようにして右肩を掴んだ。

「……い……っ！」

丁度、怪我をしたあの場所を掴まれて、走った痛みに直海の体が硬直し、抵抗ができなくなる。

その僅かな間が命取りだった。

イヴァンは直海の肩を強く掴んだまま、体重を使って直海を完全に押さえ込んだ。

「手間をかけさせるな」

唇が離れ、イヴァンは苛立った声で言う。

「放して下さい」

「黙れ」

言葉とともに、傷の上で抉るようにして親指を押し当てられる。

「い……っ！」

形成手術を受けたその場所は、まだ完全に骨がひっついたとは言えない。

日常生活を送るにはさほど支障はないが、こんな風にされれば、鋭い痛みが襲ってくる。

「痛い思いをしたくなければじっとしていろ」

イヴァンはそう言うと直海自身を捕らえていた手を放し、代わりにテーブルの上のウォッカのボトルを手にした。そしてそれを直接口に運ぶ。

――あんな強い酒、ラッパ飲みとか……。

直海がそう思った時、イヴァンは乱暴にボトルをテーブルに戻すと、直海に再び口づけてきた。

いや、口づけだと思っていたが違った。

イヴァンは口に含んだウォッカを、直海の口へと流し込んだのだ。

突然、液体が入り込んできたというだけでもむせるには充分だったが、それ以上に普段飲んだことがないような高濃度のアルコールを大量に含まされ、直海は喉を刺激されて激しくむせた。

「っ…げ…っふ……!　……ぐ…っ…ぁ…あ…」

長い間咳き込み続け、呼吸が落ち着いた頃には直海はぐったりとしていた。もともと少し飲んでいたし、注ぎ込まれたウォッカも、むせて半分は吐き出したとはいえ半分は飲んでしまった。

その上、激しく咳き込んだことで心拍数が上がり――予想以上に早くアルコールが回ってしまっていた。

「そのまま、大人しくしてろ」

イヴァンはそう言うと直海のシャツを、ボタンを引きちぎるようにしてはだける。だが、どんな状況に陥ったとしても、最後まで抗うように訓練されている直海は、膜が張ったような思考の中でそれでも逃れようとして、体を捩る。

しかし、できた抵抗はそこまでだった。

体を捩った勢いで、直海はソファーとテーブルの間の隙間にうつぶせに滑り落ちた。いや、そうなるのを見越してイヴァンは直海が暴れるのを止めようとしなかったのだ。

その結果、勢いがつきすぎた直海は勝手に転がり落ちた。しかも間の悪いことに、直海は落ちた時にしたたかに頭を床で打ち、軽く意識が飛んでしまった。

その状況はイヴァンにとってもちろん都合がよかった。

落ちた際に頭を打ったことによる脳震盪《のうしんとう》と酔いで、動きが完全に止まった直海を、イヴァンはやすやすと押さえつけた。

「だから大人しくしていろと言っただろう」

言葉とともに、イヴァンは片手で直海の腰を抱え上げると、ズボンの後ろを掴んで強引に下着ごと引き下ろした。

どうやら直海がむせている間に、ベルトを外し、前をはだけていたらしい。

普段人目に晒すことのない個所があらわにされたことに気付く余裕すら、まだ直海にはなかった。

体にイヴァンの手が触れていることは分かったが、それの意味するところは理解できず、全ての感覚が鈍かった。

無抵抗の直海の両手を、念のためイヴァンは片手で押さえつけると、もう片方の手を前へ伸ばし、直海自身を捕らえる。そしてそのまま、緩やかに扱き始めた。

「あ…っ…あ」

自分のものではない手の感触と動きに直海の唇から甘い声が漏れた。

「少し触れてやっただけで、そんな声を出すのか」

後ろから耳元に息を吹き込むようにして囁かれ、直海の体が小さく震える。

そこで直海はやっと自分の置かれた状況に気付いたが、もう全てが遅かった。

抗うにしても体勢は完全に押さえ込まれているうえ、頭痛と酔いで頭がうまく動かず、さらには止まることなく続けられる直海自身を弄ぶ愛撫が、余計に意識を曇らせる。

さらに、自分では感じすぎるのであまり触れない先端の窪みを執拗に指で擦られ、直海は高く濡れた声を上げた。

「や…ぁ……っ、あ、そこ…」

「イイんだろう？　もう溢れてきてるぞ」

漏れた蜜をわざと塗りつけるように、先端で指を動かされると、腰の奥が抜けそうな快感が湧き起る。

「ああ…、あ、あ」

イヴァンの手管に流されて直海は抵抗することを忘れて喘いだ。

だが、イヴァンは直海自身から滴る蜜で充分指が濡れたのを感じると、すっと手を引いてしまう。

「…あ……」

中途半端に放り出されて、直海はあからさまに不満そうな声を漏らした。

「焦るな、もっとよくしてやる」

イヴァンはそう言うと濡れた指を直海の後ろへと這わせた。そして、窄まっている蕾に半ば強引に指を一本ねじ込んだ。

「や……！　何…やめ……」

酔った頭でも、とんでもない場所に指を入れられたことだけは分かる。

「やめろ…、汚い……」

排泄にしか使わない場所に、指を入れられるなんて、病院での検査でもあるまいしあり得ないことだ。

もちろん、男女問わず後ろを使ったセックスが好きだという人間がいると聞いたことがあるが、直海の性的嗜好《しこう》は極普通で、イヴァンにしても女に困ることなどないだろうと思う。

とにかく、どうして、とそれしか脳裏には浮かばず、直海がパニックに陥った時、中で動いていたイヴァンの指がある場所を突いた。

「あ……っ」

走った快感に直海の背が震える。

「これか」

イヴァンは確かめるように同じ場所を強く指先でなぞった。

「や…何、あ、そこ……っ……」

イヴァンの指が動くたびに、どうしようもない気持ちよさが波のように襲ってくる。

中途半端に放り出された直海自身からも蜜が滴り、カーペットの上に淫らな水滴を落としていた。

「嫌だ…それ……」

「腰を揺らしながら、何を言っても無駄だ」

イヴァンはからかうように言うと、二本目の指を直海の中に入り込ませる。

「ふ…っ……ぁ、あ」

痛みよりも広げられる圧迫感に声が漏れた。それでもイヴァンはすぐに二本の指で直海の弱い場所を執拗なまでに嬲《なぶ》る。

「いや……っ、あ、だめだ、だめ……！」

後ろをいじられるたびに直海自身からは蜜がひっきりなしに溢れていたが、達することはできず、もどかしい状態がずっと続いた。

直海の両手を、片手で押さえつけていたイヴァンは、もう直海が抵抗する意思を失っているのを感じて手を放すと、代わりに直海自身を捕らえ扱き始める。

「ああ……っ…あ、あ」

求めていた直接的な刺激に、直海は腰をのたうたせた。

「イきたいんだろう？　イけ」

言葉と同時に後ろで回すようにして指を蠢かされ、それと同時に自身の先端をきつく擦られた。

「あ……っ…あ、ああっ」

焦らされていた体は抗う術もなく、簡単に絶頂に駆けのぼる。

イヴァンは最後の一滴まで絞り取るように直海自身を扱き続けていて、達している最中の自身を嬲られた直海は、言葉にできない感覚に身悶えた。

「ひ……ぁ…、あ、あ」

「後ろが凄いことになってるぞ……絡みついて、離そうとしない」

イヴァンはそう言いながら、無理矢理引き剥がすようにして中の指を引き抜いた。そして己の前を手早くはだけると、熱を孕みかけている自身を取り出し、簡単に扱いて猛らせる。

「力を抜いていろよ」

短く言うと、イヴァンは自身の先端を直海の後ろへと押し当てた。

「…え……あ、あ……っ！」

何、と思った時には、もう遅かった。

イヴァンの熱塊が力ずくでそこをこじ開けて入り込もうとしていた。

「い……っ…あ、あ…！」

「力を抜けと言っているだろう。息を吐け」

イヴァンは言いながら、直海自身をまた扱き始めた。

じりじりと後ろを開かれるのを堪えようと詰めていた息が、前へ施される愛撫に解ける。

「あ……っ…ぁ、ああ！」

入っていた力が抜けた隙をついて、イヴァンは強引に腰を進めた。強烈な感覚に、直海の背が大きくしなう。

「息をしろ、もう頭が入ったんだから抗うだけ無駄だ」

からかいの交じった言葉は、直海には絶望的に響いた。だが、言葉通り、侵入を果たしたイヴァンは、どれほど直海が拒もうとも、前への愛撫を続けてじりじりと自身を収めていく。

そして根元までを埋め込むと、動きを止めた。

「全部入ったぞ、もう諦めろ」

体を強張らせる直海に言いながら、イヴァンが今度はじりじりと引き抜き始める。

「う……ぁ、あ」

痛みがあるわけではなかったが、内臓が引きずり出されそうな気がして、恐怖を含んだ声が漏れた。

イヴァンは構わず浅い場所まで引き抜くと、先端だけを残した状態で細かな律動を刻み始める。

「う…あ、あ……あっ！」

イヴァンの先端が、指先で暴かれた弱い場所を掠め、直海の体が震えた。

「そう、ここだろう？　もっとしてやるから、好きなだけ喘げ」

言葉とともに、イヴァンはその場所を執拗に自身の先端で擦りあげる。

「あぁっ……、あ、あぁっ、あ、ああ」

体の内側から沸き起こるのはこれまでに経験したことのない濃厚な悦楽だった。それに合わせて、イヴァンの手に囚われたままだった直海自身が急速に熱を孕む。

「そんなにイイのか？　こっちまでこんなに勃たせて」

言いながらイヴァンは直海自身への愛撫も強める。

中と外、両方へ与えられる愉悦は簡単に直海を呑み込んだ。

「ああっ、嫌…だ……、そこ…っ…、ああ、あ、あっ」

頭がおかしくなりそうな悦楽に、直海は悶える。

浅い場所だけを犯していたイヴァンの熱は、いつの間にか最奥までの深い律動を刻むようになっていた。

だが、肉襞は拒むそぶりも見せず、嬉々としてそれを締めつけているように思えた。

「嫌だと言っておきながら、淫らな体だな」

グチュグチュといういやらしい水音をさせながら、イヴァンが大きな動きで穿ってくる。

「や……ぁ…っ、あ、もう…、あ、あ」

イヴァンの手の中で直海自身が震え、蜜を放つ。

それに合わせて窄まった直海の中を、イヴァンはなおも強い動きで繰り返し腰を使う。

「いや……、もう…嫌だ……」

絶頂の最中に与えられる悦楽は、毒のようだった。体を震わせて悶える直海の腰をイヴァンは両手で掴み直すと、傲慢なほどの激しさで自身を繰り返し直海の中へと打ち込んだ。

「ああっ、あ、あぁぁあ！」

上げた悲鳴は、音にさえならなかった。その声が終わる寸前、直海の一番深い場所で熱が弾けた。

「っ…」

「や、あ……あ…」

体の中に液体を注ぎ込まれていく感触に、直海の全身がカタカタと震える。

「そんなに絞り取るな……」

からかうような声は聞こえていたが、その意味を理解はできなかった。

その直海の中で熱を放ちながら、イヴァンは緩やかな動きを繰り返し、ゆっくりとまた熱を孕んでいく。

「――――ぁ……」

その感触に直海はあえかな声を漏らしたが、与えられる悦楽に溺れる以外に、もうできることはなかった。

4

翌朝、直海はいつものようにイヴァンの隣で目覚めたが、あり得ないほどの体のだるさと、そして痛みに、自分の状況をすぐに判断することはできなかった。

「……目が、覚めたか」

ぼんやりと考える直海の耳に入ってきたのは、どこか気遣わしげに聞こえるイヴァンの言葉だった。

その声を聞いた時、直海は昨夜の凶行を思い出した。

「…っ！」

直海の顔が見る間に恐怖と困惑と怒りとに彩られ、それにイヴァンはさすがに悪いと思っているのか、

「熱が出てる…、じっとしてろ」

そんなことを言ってきた。

「誰のせいだと……」

「俺のせいだろうな。無理をさせた、悪い」

恐らくそれは、イヴァンの精いっぱいの謝罪だったのだろうが、直海はキレた。

「悪い？　そんな程度の謝罪で済むと思ってるんですか……！」

人の体を好き放題凌辱しておいて、その謝罪が「悪い」の一言だけかと思うと、どこまでこいつは傲慢バカなんだと、これまでに募っていたイヴァンへの怒りが一気に堰《せき》を切った。

だが、直海の態度が気に入らなかったのか、

「女じゃないんだから、一回やったくらいのことでギャアギャア騒ぐな」

イヴァンは逆ギレした。無論、そんな言葉に直海がヒートアップしないはずがなかった。

「はぁ？　女だった方が超マシ！　強姦されたって訴えられるし！」

そう返せば、イヴァンもさらにキレた。

「訴えたかったら訴えればいいだろう、傷害罪で」

バカにしたような口調でそんな風に返してきた。それに直海は、

「できるかボケっ！　曲がりなりにもＳＰって職業についてる俺が、襲われて力負けして強姦されましたとか法廷で言えるか、このクソっ！」

完全に立場を忘れ、口汚く罵《ののし》ったのだが、意図せずして両目から涙が溢れた。

それにイヴァンはかなり驚いた様子を見せたが、誰より驚いたのは直海だ。

腹が立って仕方がないのは事実だが、それは涙が出るというのとは少し違う感情のものだった。

しかし、頬を伝い落ちるのは紛れもなく涙で、直海は泣いているところを見られたくなくて、布団を頭の上までひっかぶって、イヴァンの視線から逃れる。

涙は勢いで出てしまったものらしく、布団の中ではもう出ようともしなかったし、しゃくりあげるようなこともなかった。

それでも、泣いた、と見なされたことがどうにもバツが悪くて、直海は布団から出られなかった。

イヴァンが動く気配はなく、ベッドの上にまだいるのだろう。

顔を合わせたくないので、さっさとどこかに出ていってくれないだろうかと思っていると、不意に、布団の上から頭のあたりに手が置かれた。

「好きなだけふてくされていればいいが、あと三十分ちょっとでミーティングの時間になるぞ。体調が悪いと言って断れば済むだろうが、おまえの保護者は様子を見に来るだろう。それまでに身支度を整えた方がいいんじゃないのか？」

イヴァンのその言葉に、直海ははっとした。

ミーティングは断ったとしても、何があったのかと絶対に高野は様子を見に来る。

——やばい……。

何しろ、自分は今全裸だ。イヴァンは普段通りとはいえ同じく全裸で、間違いなく高野に見られるのはまずい。

「もっとも、昨夜のことを保護者と相談の上報告するつもりなら、そのままで充分だろうがな」

淡々とイヴァンは続ける。

その声に罪悪感のようなものは一切感じられず、通常営業のようだ。

——人間的情緒ってもんが欠落してんのかよ……。

胸の内で毒づきながらも、直海は頭の上までかぶっていた布団を剥いだ。

バカにしたような顔でもするだろうかと思っていたが、イヴァンの表情には何も浮かんではいなかった。

「……バスルーム、お借りします」

「ああ」

短くイヴァンは言った。

直海はこの部屋のバスルームを使ったことがない。

いつもエグゼクティブスイートで入浴を済ませていたからだ。

クライアントとの間に一定の線引きは必要だと考えてそうしていたのだが、背に腹は代えられなかった。

イヴァンの許可が出たので、直海はバスルームへ行こうとした。

だが、予想以上に体はダメージを負っていたらしく、ベッドの上に体を起こすことがまず一仕事という感じで、それを見ていたイヴァンは盛大にため息をついた。

「その様子だとバスルームへ行く途中で高野と鉢合わせしそうだぞ」

イヴァンはそう言うとベッドを下り、直海の方へと回って、乱暴に布団を剥いだ。

「ちょ……！」

「騒ぐな、連れていってやる」

そう言うと直海を軽々抱きあげて、バスルームへと向かう。

イヴァンの体がかなり鍛えられたものであることは、日々、見せつけられる全裸で知っていたが、いくら直海がSPとしては小柄な方だといっても、日本人成人男子の平均よりは上だ。

それなのにものともせず、という様子のイヴァンに直海は歯噛みする。

そんな直海の胸中など知る由もなく、イヴァンはバスルームの床に直海を下ろすと、出ていきもせずおもむろにシャワーを出し、湯の温度を調節し始めた。

「……何してるんですか」

「見れば分かるだろう、シャワーの温度をみてやってる」

「自分でできますから結構です、出ていって下さい」

直海は下から睨みつけたが、イヴァンが気にする様子は一向にない。

「手伝ってやる」

「結構です」

突っぱねた直海に、イヴァンは舌打ちした。

「体を起こすこともできないおまえ一人じゃ、高野が来る前に済ませることなんか無理だろうが。だから手伝ってやるって言ってるんだ」

そう言うと直海の返事を待たず、座り込んだままの直海に問答無用でシャワーを浴びせかけた。

「……っ…乱暴…」

「黙れ」

短く言うと、イヴァンはシャワーフックにヘッドをかけ、出しっぱなしにして直海の髪を洗い始めた。

言葉は乱暴だが、触れる手は優しく、そして手際よく直海の髪を洗いあげる。その次はボディーソープをスポンジに含ませて泡立て、体を洗っていく。

されるがままになりながら、確かに自分じゃこんなに手早くはできなかったな、と直海は思う。

――一応、謝ったつもりっぽいし……。優しいとこもあんのかな。

などという直海の思いは甘かった。

直海の体をとりあえず泡だらけにしたイヴァンは、フックにかけたシャワーヘッドを手に取り、床に置くと、おもむろに座り込んだままの直海の腰を抱きかかえた。

「……ちょっと、何を…」

「洗ってやってるんだろう、騒ぐな」

そう言うと、直海を這わせるような形にし、昨夜イヴァンを咥えこまされ、未だ違和感を訴える蕾に指を押し当てた。

「待て……っ、ちょっと、テメェ、何して…」

「昨夜、一応指で掻き出しはしたが、俺の精液が残ってるだろうからな。おまえだって気持ち悪いだろう」

事もなげに言うと、直海が返事をするより早く二本の指を突き入れた。

「い……っ！」

散々擦られたそこは敏感になっているのか、ピリッとした痛みを感じた。だが、イヴァンは中に入れた指を開いて隙間を開けさせると、そこにシャワーヘッドを押し当てた。

「や……っ！　嫌だ、やめろ！」

体の中に入り込んでくるシャワーの湯の感触に直海は悲鳴じみた声を上げる。

「騒ぐな。どうせ啼くなら、昨夜みたいな甘い声で啼け」

優しいのかも、などと思ったのは、気の迷いだったと直海は後悔する。

イヴァンの半分は意地悪でできているに違いない。残りの半分は無論我が儘と傲慢だ。

「このクソ野郎…っ、あ…っ、バカ…指……っ」

悪態をついた直海に、イヴァンは何を思ったか中の指を動かし、昨夜直海が感じていた場所を擦り始めた。

「やめ…、そこ……っ」

「気持ちがいいんだろう？　指以外の物を欲しがってうねってるぞ」

からかうような口調の間も、中へと入り込むシャワーの湯は容赦ない。イヴァンはある程度まで中を湯で満たすとシャワーヘッドを落とし、中に入り込んだ湯を今度は掻き出すようにして指を使う。

その時も直海が感じる場所を気まぐれに擦って喘がせる。

「あぁ…あ、あ」

「ああ、やっぱり残っていたな」

どうやら湯と一緒に、体の中に残っていた白濁が流れたらしい。だが、直海はもうそれどころではなかった。

酷い屈辱を感じているのに、弱い場所を嬲るイヴァンの指に自身が反応してしまっていたからだ。

裸ではそれを隠す術さえなく、直海はなんとかして気をそらせ、鎮火させようとする。しかし、半分が意地悪でできているイヴァンがその状況を見逃すはずがなかった。

「勃起したな。ついでだ、可愛がってやる」

そういうと、後ろを嬲る指はそのままでもう片方の手を直海自身に伸ばした。

「嫌だ……放せ…っ」

「なら、自分でするか？」

イエスなどと絶対に言えないと分かっていて、そんなことを聞く。直海は悔しさと恥ずかしさに唇を噛みしめた。

「大人しくしていれば、さっさと済ませてやる」

イヴァンはそう言うと直海自身を扱きながら、中の指で感じる場所だけを突き回す。

「ああっ、あっ、あ！」

甘たるい悦楽が体中を駆け巡り、体を支える直海の腕ががくがくと震えた。

「我慢せずにイけ。時間がもったいないだろう」

言葉とともに中を掻き混ぜるようにされ、それと同時に自身の先端に爪を立てられて、走り抜けた濃い悦楽に直海は腰を震わせ、達した。

「ぁあ……っ、あ、あ……」

途端に腕から力が抜けて、直海の上体が崩れ落ちる。

その様子を見てイヴァンが笑ったような気がしたが、もう直海にはそれを認識する余裕すらなかった。


「ほら、解熱鎮痛剤だ、飲んでおけ」

風呂場での屈辱なアレの後、直海はもう逆らう気力もなく、イヴァンのするがままになった。

幸い、イヴァンも高野が来る前に、という意識はあったのか、それ以上の余計なことはせず、あの後すぐにバスルームを出ると直海の髪をドライヤーで乾かし、パジャマに着替えさせ、再びベッドへと運んだ。

そして、こうして水と、それから薬を持ってきて飲むように促している。

「……日本のじゃないいんですね」

手のひらに落とされた見慣れない色のカプセルに、直海は呟く。

「俺が普段飲んでる薬だ。ヤバイ薬じゃないから安心しろ」

どうやらロシア製らしい。この状況で変な薬を出すわけもないだろうと、直海は渡された薬を飲んだ。

その時、リビングの方からドアをノックする音が聞こえた。微かに聞こえた声は、高野のものだ。

「どうやらセーフだったようだな。おまえは寝ていろ」

イヴァンはそう言って、リビングの方へと歩いていった。

直海は疲労困憊《ひろうこんぱい》な体をベッドに横たえると、適当に手で布団を引きよせてかけ、気配を探る。

ベッドルームのドアが開いたままになっているのか、高野とイヴァンの声が聞こえた。

高野はミーティングの時間を過ぎても顔を見せない直海を心配して来たようで、それにイヴァンは熱があるので寝ているようにと言った、と答えていた。

様子を見せてくれと言った高野に、イヴァンは頷いたのか、声はしなかったがほどなくして三人分の足音が近づいてきた。それに直海は目を閉じる。

ベッドのすぐそばまで気配が近づき、

「栗原、大丈夫か？」

問う高野の言葉に、直海は目を開けた。

「高野チーム長、すみません……」

謝る直海の視界には高野とイヴァン、そしてボリスがいた。

高野は心配そうな顔で軽くかがむとそっと直海の額に手を押し当てる。

「熱があるな。顔も赤いし、目も潤んでる……」

顔が赤いのと目が潤んでいるのは、熱のせいではなく、間違いなくイヴァンにバスルームでされた無体のせいで、それを心配されて、直海の中に罪悪感が湧き起こる。

「いつからだ？」

「昨夜は、特に変わったことは……。朝起きようとしたら、こんな様子で……ミスターがベッドにと」

まさか毎晩一緒にここで寝てますなどと言えるわけもなく、好意で今ここに、という様子を演出する。

「風邪か？」

「分かりません。喉の痛みも頭痛もないんですが……、でもその前兆かもしれません」

直海がそう言うと、高野はやや考えた顔をして、イヴァンを見た。

「ミスター、治るまで栗原を自宅に帰らせてやりたいんですが」

「確かに、その方がいいかもしれませんね」

ボリスが同意する。しかし、イヴァンは珍しく少し考えるような間を置いた。

「……高野の言い分は分かるが、熱が下がるまでここで眠らせておく方がいいだろう。移動で無駄に体力を使わせることもないと思うが。……さっき、解熱剤を飲ませたからひと眠りすれば落ち着くだろうしな」

イヴァンはそう言って直海を見る。特に口裏を合わせろというような様子はなく、直海が帰りたいと言えば、帰れそうな雰囲気だ。だが、

「チーム長、ミスターのおっしゃる通り、ここで少し様子を見させてもらいたいと思います。今、あまり動きたくなくて……」

立っていることさえ満足にできなそうな今の状態を高野に見せるわけにもいかず、直海はここに残る方を選んだ。

もちろん、イヴァンがさらに何かをしでかしたらどうしようかという不安がないわけではないが、昨夜のことがばれる危険は冒したくなかった。

「動きたくないほど、つらいのか？」

ますます心配そうな高野に、

「病人に無理をさせる気はない。とりあえず、少し様子を見たらどうだ」

イヴァンはそう言った。高野は不安そうな顔をしていたが、

「少しでも様子がおかしいと思ったら、すぐに連絡しろ。いいな」

動きたがらない直海を無理に動かすのは得策ではないと判断したらしく、そう言った。

「はい……、分かりました」

その返事に優しく笑みかけると、直海の頭を軽く撫でる。そしてイヴァンとボリスへと視線を向けた。

「警護する側がこのような状態になってすみませんが、よろしくお願いします」

「別に構わん」

「では、私はこれで」

高野は小さく頭を下げ、ベッドルームを出ていく。その後にイヴァンとボリスも続いた。

高野に心配をかけたことは胸が痛いが、とりあえずばれなくてよかったと直海は思いな

がら目を閉じる。

そのまま少しうとうとしていたらしい。

何かの気配に目が覚めると、イヴァンがベッド横のテーブルに朝食のサンドイッチを運んできたところだった。

「食うか？」

ベッドに腰を下ろしながらイヴァンが聞いた。

「……毒見……ですか？」

直海の言葉に、なぜかイヴァンは少しむっとしたような顔を見せたが、

「それもあるが、無理なら構わん。今まで毒の混入がなかったところを見れば、このホテルは信用に値するんだろう」

ごく普通の口調で言った。

「よりによってこの一回が、ということもあり得るかもしれませんが」

「それならば、それが俺の運だろう」

それは特に気負いも感じさせない言葉だったが、どことなく寂しげに聞こえた気がした。

「何かあったら罪悪感を持ち続けることになりそうですから、食べます」

直海が寝たままサンドイッチに手を伸ばそうとすると、それより先にイヴァンがサンド

イッチを手に取り、直海の口元へ運んだ。

「……自分で、食べられますよ？」

「手を伸ばすのも億劫《おっくう》そうだぞ。いいから食え」

それ以上拒絶するのも空気を悪くしそうで、じゃあ、いただきますと口にする。定番の玉子とレタスのサンドイッチは、いつものことだがおいしかった。一口食べ終えると、もう一口、と口元へと押しつけられたが、

「もう一つの方を、お願いします」

直海は視線を皿に載っている、エビとトマトのサンドイッチに視線を向けた。

「今日のは美味くなかったか」

一口しか食べていないのを訝しむように問うイヴァンに直海は頭を横に振った。

「いつも通りおいしいですが、食欲はないんです。毒見程度なら大丈夫ですが…なので、もう一つの方を」

その言葉にイヴァンはどこか引っかかるような表情を見せたが、すぐに手元のサンドイッチを取り換え、同じように直海の口元へと運ぶ。

「……十分ほどして、俺に何もなければ召し上がって下さい」

「ああ、分かった。おまえはもういいのか」

それに直海が頷くとイヴァンはサンドイッチを皿に戻した。そのまま部屋を出ていくのかと思ったが、なぜかイヴァンはベッドに腰を下ろしたまま、動こうとしなかった。

「どうかしたんですか……？」

「別にどうもしない」

そう返されると、それ以上は直海も特に言うべきこともなく、ただぼんやりとイヴァンを見た。

――やっぱり綺麗な人だよな……。

外見だけなら、本当に最上級だと思う。中味は相当アレだが。

「どうした」

じっと見ているのが気になったのか、今度はイヴァンが聞く。

「別にどうもしません」

さっきイヴァンが放った言葉を、今度は直海が繰り返した。それにイヴァンはどこか居心地の悪そうな顔をして、

「寝ていろ」

直海の頭に、撫でるようにして触れる。

ぶっきらぼうな物言いとは裏腹に、優しい手がなんだか可愛く思えた。

――こいつが可愛いなんて……。

熱のせいだ、とすぐに直海は自分の中に湧き起こった感情を否定して、じゃあ寝ます、と呟くように言って目を閉じた。


ひと眠りをして、目が覚めたのは間もなく昼になろうとしている頃だった。

イヴァンに飲まされた薬が効いたようで、熱は下がっていたし、体の痛みもかなりマシになって、少なくとも寝がえりを打つのがつらいというような状況ではなくなっていた。

トイレに行きたい欲求もあって、ためしにベッドから出てみたが、鈍い痛みはあるものの、朝から比べれば格段に状態は良くなっていた。

「起きて大丈夫なのか」

洗面所から出ていくと、イヴァンが立っていた。直海が起きたのに気付いたのか、たまたまかは分からなかったが、とりあえず直海は頷く。

「ええ、少し歩いたりするくらいのことなら」

「そうか……、ならじきに昼だ、こっちへ来ておけ」

イヴァンはそう言うとリビングの方へと歩いていった。ベッドに戻ってもすっかり目は覚めてしまっていてすることもない直海は、言われるままリビングへとついて行った。

イヴァンの言った通り、ほどなく昼食が運ばれてきた。

いつものように一緒に昼食を取った後、直海はベッドには戻らず、リビングのソファーで読書をして過ごすことにした。

その隣に陣取ったイヴァンはいつものようにパソコンを開いて、恐らく仕事をしているのだろうが、少し手が空くと、多分にからかいを含んでのことだろうが直海の肩に手を回したり、腰を抱いたりとベタベタと触ってきた。

「触らないで下さい、強姦魔」

回された手を叩きながら言う直海に、イヴァンは手を解くこともせず、

「触るくらいでガタガタ言うな」

すっかりいつも通りの調子で言った。

ここで不用意に反論すれば面倒くさいことになるのは目に見えているので、直海は黙ってしたいようにさせておきながら、本に目を戻した。

だが、それから少しした頃、

「おまえの肩、弾傷だろう」

イヴァンはそう聞いてきた。

「ええ、そうですよ」

イヴァンに提出したプロフィールには、任務中の負傷としか記していなかったが、昨夜傷痕を見て察したのだろう。

「依頼人をかばって、か?」

「体を盾にしてでも依頼人の命を守るのが任務ですから」

「防弾チョッキは着てなかったのか」

重ねて問われ、直海は守秘義務に引っかからない程度に説明した。

「着てましたよ。ただ、進入角度が悪くて、防弾チョッキの隙間から。運がなかったんでしょうね」

正面からなら、弾を受けてもさほどの傷にはならなかっただろう。ただ運がなかったと言っても、依頼人は守れたし、直海も命を落とさなかったので最悪というわけではないだろう。

淡々と答える直海に、イヴァンは不意に真面目な顔をすると、

「もし、俺が同じ状況になっても、おまえは銃口の前に立つのか?」

そう聞いた。

「そうですね。強姦魔でも依頼人ですから仕方がありません」

さらりとそう返した直海にイヴァンは顔を顰《しか》めた。

「強姦魔って言うな」

「でも強姦魔じゃないですか」

何一つとして間違っていない、と直海は主張する。

「酔ってたんだから仕方がないだろう」

だが、イヴァンはそんな言い逃れをしてくる。

「しょうがないレベルで済むのは、舌の入らないキスまでです」

「舌を入れなければ、キスはOKだと見なしていいんだな」

ああ、失敗した、と今度は直海が顔を顰める。

「揚げ足を取らないで下さい。ものの喩えです。酒の勢いでも男とキスなんて、二度とごめんですよ」

イヴァンにしても冗談だっただろうが、はっきりと拒絶の意思だけは伝える。それに、イヴァンはさすがに昨日の件については思うところがあるのか、

「悪かった」

驚くほど素直に、謝罪してきた。

直海にしても、これ以上この話を続けたくも、蒸し返したくもなくて、

「もういいです」

その一言で片付けることにした。

だが、それと同時に、

——もういいって、いいわけないじゃん。

そんな思いが胸に湧き起こった。

男としてはかなり屈辱的なことをされたと思う。

「悪い」なんていう簡単な一言で済ませていいレベルでもないはずなのに、もういい、などとどうして言ってしまったのか、正直分からなかった。

——いや、これ以上話を続けたくないってだけで、別に納得してるわけじゃないし……。

胸の中でそう言って納得しようとするが、どうにも違和感があった。

けれど、もういいと言った手前、やっぱりよくないとも言えないし、よくないと言ったところでその理由もはっきりと自分でも分からないので、結局直海はそれには触れないことにして、肩を抱いているイヴァンの手を叩いた。

「とりあえず、この手が邪魔なんで、そっちにしまっておいて下さい」

それにイヴァンは苦笑して手を離した——けれど十分後には再び直海の肩を抱いているのだった。

5

必要がない限りはホテルから出ない、と最初に言っていた通り、イヴァンがホテルの敷地外へ出たのは、あの会食だけだ。

閉じこもりきりはよくないだろうと、気分転換にボリスが近場の観光地の資料などを見せたりしてもいるが、イヴァンは必要ない、の一言で終わらせ、ホテルの敷地内の庭園に出たのも、最初の頃の一度だけだ。

客を迎え入れる、というホテルの基本的な性質を考えれば、客を装ったヒットマンが潜んでいてもおかしくはなく、その可能性を考えてこもりきりの生活をしているのではあるが、正直、運動不足にはなる。

それを解消するために、借り切っている階にある三つ目のスイートルームには、トレーニングマシンが置かれていた。

朝からパソコンで一通りビジネスの進捗状況の判断や指示などを出した後、イヴァンはその部屋で軽くトレーニングをして汗を流すようになった。

それにはもちろん直海もついていき、一緒にトレーニングをする。二十四時間イヴァンと一緒にいるため、直海も運動不足を感じていたので、多少なりとも体を動かせるのは嬉しかった。

メニューをこなした後は部屋に戻り、本を読むかテレビで映画を見るかして過ごすのだが、あの強姦騒動以来、イヴァンは無駄にスキンシップをしてくるようになった気がする。

勝手に膝枕を強要されたりすることは以前からあったし、寝ている間に勝手に抱き枕、というのもあった。

が、最近はソファーで隣にいると必ず肩か腰を抱かれ、そのまま抱き枕というコースが増えた。

もっとも、性的なことを感じさせる触れ方ではないし、三回に一回くらいは放してくれるし、放してくれなくても強めに抵抗すれば抜け出せる程度なので、直海はとりあえず放置している。

今日はトレーニングの後、映画を見ることになった。ことになったというか、イヴァンが見始めたので付き合う形になっているだけだが、直海はいつも通り途中から抱き枕だ。

ソファーに横寝になった状態のイヴァンに後ろから抱き込まれる形で、直海も画面を見つめる。

「なんでこいつは毎回厄介事に首を突っ込むんだ。命を狙われるのにも飽きただろうが」

見ていたのはシリーズアクション映画の第三弾となった作品で、前作同様、自ら巻き込まれていった主人公にイヴァンが笑う。

「そういうシリーズだからでしょう。絶対に死なないって分かってるから、命を狙われても平気なんじゃないですか？」

「映画の世界は気楽だからな」

イヴァンは軽い口調で言った。

そう、現実世界は、甘くはない。

レメショフファミリーとヴォドレゾフの親族がそれぞれヒットマンを雇ったという情報が入ってきたのは一昨日のことだ。

もちろんイヴァンにもその報告はしたが、

「ヒットマンの手配に思った以上に時間がかかったようだな。さすがに日本では思うような人材をすぐには見つけられなかったか」

とまるで他人事だった。

――まあ、ここにこもってる分には安全なんだろうけど……。

「ミスター、本国の方はどうなっているんですか？」

日本にいる間にロシア国内の安全を確保する、というような話だった。つまりは安全が確保するまでは帰らないということだ。

「叔父の方は目処《めど》がつきそうだが、レメショフは厄介だな。曲がりなりにもマフィアだし、警察とマフィアの癒着もそこそこあって、国家権力に期待はできん」

「……警察との癒着があるなら、それ以外の組織もという可能性もあるわけですよね。たとえば、ミスターを狙っている親戚とマフィアが組む…ということも」

そう言った直海にイヴァンは少し笑った。

「なるほど、SPとして体を張るだけじゃなく、多少頭もよさそうだな、おまえは」

「可能性の話をしただけですが、あり得るんですか？」

「可能性としてはあっただろうが、マフィアと組めばよほどでない限り、分け前は少なくなる。ヘタをすれば食いつくされて終わりだ。少ない分け前で納得するほど、うちの親戚は謙虚じゃないからな」

「では、日本滞在は長くなりそうですか」

マフィアの動きを封じられないのであれば、ロシアに戻ることはできない。

「早く帰れと言いたげだな」

イヴァンはわざとらしいため息をつき、言った。

「別にそういう意味じゃありません。ミスターがいらっしゃる間はうちの会社が潤うわけですからありがたいですよ」

警備の仕事は軽微なものから、ＶＩＰの警護まで幅広い。芳樹警備保障の売りはどの分野においても質が高くきめ細やかなサービスなのだが、それを維持するためにはかなりの経費をかけている。

特にＶＩＰ警護にあたるＳＰ課の維持費はかなりの割合を占めているのだが、平和な国内であるがゆえに個人でＳＰを雇う人は少ない。

そのため、主な仕事相手は日本を訪れる海外の要人になり、仕事数としてはかなり流動的といわざるを得ない。

仕事がなくとも質の維持のためにトレーニングを欠かすことはできず、経費はかかり続ける。

そういう意味では、どんな仕事でも稼働している方がいいのだ。

「日本人はあいまいな表現が多いと聞いていたが、おまえは直球しか投げないな」

苦笑交じりの声が聞こえる。直海は気にする様子もなく返した。

「あいまいな表現を、オブラートに包んだもの言い、とも言うんですが、ミスターに対して私が準備してきたオブラートはとうに使い切りましたので」

二十四時間一緒にいて、眠る時まで抱き枕にされていれば、遠慮などというものは消えうせる。

クライアントと警護人という立場を崩してはいないつもりだが、イヴァンに対しては必要最低限の気遣い程度でいいだろうというのが直海の本音だ。

ソファーに横たわって抱き枕にされているというこの状況のどこが立場を崩していないというのかと突っ込み放題だろうが、断った際の面倒くささを考えれば必要悪だと直海は思っている。

——高野さんにばれたら、血の雨を見るだろうけどな……。

高野は直海が普段はソファーで寝ていると信じている。

一緒に寝ているなどとは口が裂けても言えなかった。

——それにしても、ああいうことがあったのに割と平気で同衾《どうきん》する俺もどうかしてるっていうか……。

正直、そんな自分が信じられなかった。

あのことを蒸し返すつもりはさらさらないのだが、男としては屈辱以外の何物でもない。

それをスルーしてしまっている感があるのだ。

そこまでずぶとい神経の持ち主だったかと自分を疑いたくなる。

――そりゃ、こんな意味不明のワガママ男と二十四時間一緒にいたら、多少はこっちも無神経になるけど……。

そんな風に直海が思っているうちに、背後から寝息が聞こえてきた。

「ミスター…？」

そっと小声で呼びかけてみるが、返事はなかった。

どうやら寝ているらしい。

それを悟って直海はイヴァンを起こさないように、腕を解いて彼のそばから逃れた。

「……ーシャ…」

身じろいだイヴァンは何かを呟く。直海は起きてしまわないようにイヴァンの腕にクッションを抱かせ、様子を窺う。

――ホント、綺麗な顔だな……。

美人は三日で飽きる、などというが、イヴァンにそれは当てはまらないと思う。飽きるようなレベルの美貌ではないし、どちらかといえばずっと眺めていたくなるくらいだ。

――って、男の顔見て喜ぶとか、俺、変だろ……！

自分の中にふっと浮かんだ感情に直海は慌てる。

とはいえ、イヴァンの美貌が飛び抜けたものであることは事実だ。たとえるなら芸術品

に似たレベルだと思う。

ダ・ヴィンチのモナリザや、ボッティチェリのヴィーナスが飽きることなく眺められているのと同レベルで、美しいものは美しい、それだけだ。他意はない。

結論づけたところで直海はやっと落ち着いてイヴァンの様子を見つめる。

イヴァンはどうやらクッションで落ち着いたらしく、目覚めることなく再び寝入っている。

それを確認してから、直海はそっとソファーから離れた。

——また、名前呼んでたな……。

多分、ミーシャ、と言ったのだろうと思う。

最近、イヴァンは直海を呼ぶ時に、そう呼び間違えることがあるのだ。

直海とミーシャではまったく違うので、雰囲気や気配が似ているのかもしれないと思う。

——一体、誰だろ……？

想像しやすいのは、家族や恋人、といった近しい相手だろう。

——ロシアに置いてきた恋人、とか？

考えられないことじゃない。というか、イヴァンなら普通に恋人がいるだろう。

金持ちで、美形で……恋人には少しは優しいのだろうか？

ふっとそんなことを考えて胸の中にモヤモヤしたものが湧き起こるのを感じて、直海は慌てる。

――いや、だから、しょっちゅう名前を呼び間違えられるから、ちょっと気になるだけだって！

そう、きっと、相手が誰か分かればこのモヤモヤは消えるはずだ。モヤモヤの理由はあくまでも「名前の人物を知りたい」から…のはずなのだ。

直海はそっと時計を見やる。時刻は三時を回ったところだ。

イヴァンの警護は基本的に六グループが四時間の差を空けて八時間ずつ、常に二グループが担当している。

グループの交代ごとに引き継ぎミーティングが行われるのだが、日中行われるミーティングには直海は全て参加している。

――あと三十分か……。

少し早めに部屋を出たところで、イヴァンは寝ているし、ミーティング以外で直海が部屋を空けることはないから、目が覚めた時にいなくても大丈夫だろうと判断して、直海は部屋を出た。

「ミーティングには少し早いんじゃないのか？」

部屋を出るとそこにはいつものようにボリスがいた。

「ええ、そうなんですけれど、ミスターが寝てしまったので少し早めに出てきました」

直海が言うと、ボリスは納得したように頷いた。

「仕事とはいえ、二十四時間つきっぱなしは楽じゃないだろう。精神的に」

「多少は慣れましたけれどね」

そう返して、直海はボリスなら「ミーシャ」のことを知っているかもしれないと思い聞くことにした。

直海は気になっていることをいつまでも胸にしまっておける性格ではない。

「あの、ボリスさん、ミーシャって誰のことかご存知ですか？」

「ミーシャ……」

直海が出した名前にボリスはやや驚いた顔をした。

「ええ、ミスターがよく俺を呼ぶ時に呼び間違えるんです。ご友人とか、親しいどなたかですか？」

それにボリスは一つ小さく息を吐いた。

「ミーシャは、あいつが十年近く一緒に暮らしてた……」

そこまで聞いて、ああ恋人か、と直海が思った次の瞬間、ボリスが続けたのは、

「犬だ」

その言葉だった。

「……犬？　犬って、あの、犬ですか？」

予想外の言葉に直海は戸惑った。

「ああ、半年前まで飼ってた。元は野良犬だ」

しかも補足情報として付け足されたのは「野良犬」だ。

——犬扱いかよ……。

そう思うのと同時に、どこかでほっとしている自分がいた。

——いやいや、違う、違う。このほっとしてるのは、恋人と混同されたりしたんだったら貞操の危機再びとかそういう感じになりそうだから、それで犬でよかったって思ってるだけで！

直海はそう理由づける。

「犬でしたか」

「呼び間違えられたか、犬と」

「ええ、正直あの人の目に、自分がどう映っているのか謎です」

そう言うと、ボリスは笑った。

「一緒にいる時間が長いから、間違うんだろう」

そういう問題じゃないと思ったが、そんなもんですかね、と流してしまうことにした。

――しかし、犬だとは思わなかったな……。

もっとも、それもイヴァンらしいといえばイヴァンらしいのかもしれないとも思った。

◇◆◇

いつものように勤務を終え、寝支度を整えた直海はベッドに腰をかけて本を読んでいた。

背後では入浴を終えたらしいイヴァンがガサガサと何かしている気配がしたが、勤務時間が終わってからは、一切気にしないと決めている直海は、本から視線を外さない。というか、外せなかった。

読んでいるのはミステリー小説で、謎だった部分が徐々に明らかになる、いわばクライマックスへ向けての丁度いいところなのだ。

――こいつ、そういえばあの時部屋にいなかったけど、まさかこいつが…？

予想外の展開を見せる内容にすっかり気を取られていたその時、イヴァンが後ろから直海のうなじに口づけた。

「ひゃ……う…」

完全に不意をつかれて直海の唇からは奇妙な声が漏れる。

「なんだ、今の声は」

「なんだ、はこっちのセリフです、何してんですか」

直海は片手で口づけられたうなじをガードし、背後のイヴァンを振り返る。

入浴を済ませたらしいイヴァンはバスローブを纏っていた。髪はタオルドライしただけのようで、しっとりと水気を含んでいるのが分かる。

「舌の入らないキスまでならOKだと言っていただろうが」

平然とした顔でイヴァンは言う。

――これ、完全に反論したら面倒くさいやつじゃん……。

ごめんで済むのはそこまでだと言っただけでOKしたわけではない。が、最終的に言い負かされるか、こっちが勝つとしてもかなり長い時間へリクツに付き合わなければならなくなる。

「あー、そんなこと言いましたっけね。本読む邪魔しないで下さい」

よって、直海が繰り出した技は放置だ。

そのまま直海は視線を本に戻し、続きを読み始める。

それにイヴァンは気まぐれに頭を撫でてみたり、肩に触れてみたりしていたが、そのうちにエスカレートしてきて、直海を半ば羽交い締めのようにして抱き込んだ。

「本を読む邪魔すんなって言ったでしょう。営業時間は終了してるし、俺はあんたの飼い犬じゃないんです」

イラッとして直海は言ったが、その程度で怯むイヴァンではない。

「ミーシャのことか？　あいつはもっと賢い犬だった。おまえと比べるな」

しゃあしゃあとそう返すと、ベッドへと引き倒された。

「賢くなくていいから大人しく抱き枕にされていろ」

どこまで俺様なんだこいつはと、これまでに幾度となく思った言葉を直海は胸の内でまた繰り返す。とはいえ、流されてしまった方が楽は楽だ。直海は小説を読むのを諦めた。

「犬と一緒に寝てたんですか？」

半ば呆れながら聞くと、イヴァンは、ああ、と答えた。

「満足に目も開かないような仔犬の頃から育てたからな、自然とそうなった」

「そんな小さい頃からですか？」

仔犬というよりそれは「赤ちゃん」だ。そんな状況の仔犬を育てるのはかなり大変だと聞いたことがある。

「成り行き上な。野良犬がうちの庭で生んだ子供だったが、出産中に何かあったらしい。死んだ親の腹の辺りで三頭がもぞもぞとしていたから世話をしたが、他の二頭は育たなかった。唯一育ったのがミーシャだ。育てた俺に似て、賢かったな」

「ボリスさんから半年前まで飼ってたって聞きましたけど……」

十年近く飼っていたと言っていた。十年というのは犬の寿命としてどうなのかよく分からないが、個体差があるとはいえ、長いという方ではないだろう。

「ああ……毒で殺された」

思いもしなかった言葉が帰ってきて、直海は目を見開く。イヴァンは平然としているように見えたが、微かに何か堪えているようにも見えた。

「いつものペットフードを与えたんだが、その中に毒が混入されていた。その頃から俺の周りはきな臭かったが、まさかミーシャがターゲットにされるとは思っていなかった。……考えてみれば、俺を脅すにはいい材料だったんだろうがな。……ミーシャは俺が与えた餌をなんの疑いもなく食べた。それで死んだ……」

その声には深い悔恨が滲んでいた。いや、声だけではなく表情にも、だ。

目も開かないようなうちから育て、寝起きを共にした愛犬が自分の与えた餌で死ぬ。それは、恐らく、イヴァンに言いようのない怒りと哀しみを刻みつけただろう。

話を聞いただけの直海さえ、胸が痛んだのだ。

「……だから、犬の代わりに俺を抱き枕にしてるんですか」

直海が聞くと、

「おまえはミーシャほど抱き心地はよくない」

イヴァンはバッサリ言った。

「それはどーもすみませんでしたね」

「ミーシャはもっとふわふわしていた。十日に一度、サロンでシャンプーをして、毛艶もよかった。母犬はハスキーが入っているようだったが、父犬はコリーあたりの長毛種だったんだろう、両方からいいところをもらったような美しい犬だった」

まるで恋人を語るような優しい口調で、どれだけイヴァンがミーシャを大事にしていたのかがよく分かる。

その大事な存在を、自分が与えた餌で死なせてしまった悔恨がどれほどのものかも。

「まあ、おまえも悪くはないから、自信を持て」

イヴァンはそう言うと直海の頭を撫で、鼻の頭に噛みついてきた。

「痛っ…、ちょっとミスター、何噛みついてんですか！」

「何って、スキンシップだろう。どうせボリスあたりに聞いたんだろう？　俺に直接聞かずにボリスに聞いたところをみると、ミーシャのことが随分と気になったみたいだな」

おまえの考えなど見通し済みだというような顔でニヤニヤ笑いながらイヴァンは言う。

「そりゃ、しょっちゅう呼び間違えられれば、気にもなります」

「そうすぐに牙を剥き出すな。すぐに闘争本能に火がつくところはミーシャに似てるな」

そう言うとイヴァンは直海の頬を舐め上げる。

「ちょ……っ」

慌てる直海の体をイヴァンはしっかりと押さえつけながら、

「三回くらい謝ったら、舌を入れてもＯＫか？」

そんなことを聞いてくる。

「ＯＫになるわけないでしょう」

「そうか、なら、実力行使だな」

イヴァンはそう言ってにやりと笑うと、直海の額に唇を落とし、遊ぶようにわざと音を立てる。

ああ、からかわれただけかと直海が思った次の瞬間、イヴァンの手が直海のパジャマの裾から中へと入り込み、胸へと伸びた。

焦った時にはもう遅く、もう片方の手で両手をまとめて押さえられ、唇も奪われていた。入り込んできた舌は、優しく探るような動きで直海の口腔を舐め回す。それと同時に胸の尖りをつまみあげられて、直海の体が小さく震えた。

このままだと、この前の二の舞になる。

そう思って、直海は抵抗を試みるが、完全に重力を味方にされているうえ、足の間に体を入り込ませられていては抵抗らしい抵抗もできなかった。

かといって、このままなし崩しになっていいわけもなく、直海は好き勝手を働くイヴァンの舌に甘く歯を立てた。

それに、イヴァンはゆっくりと顔を上げる。

「随分とささやかな反抗だな」

「警告です。ホントに噛み切りますよ？　さっさとどけて下さい」

直海は睨みつけながら言う。だが、イヴァンはそれを本気にする様子もなかった。

「俺がそれに従うなんて思ってもいないだろう？」

笑いながら言った後、

「ミーシャのことで俺より傷ついたような顔をするおまえが悪い。全力で慰めてやりたくなるだろう？」

甘い眼差しと声で囁いた。

「……気を使っていただかなくて結構です…」

柄にもなく、声が震えそうになる。

「そう言うな。おまえが嫌がろうとどうしようと、こっちの収まりがつかない。縛ってでもやるぞ」

「最低ですね」

「今に始まったことじゃないだろう？　安心しろ、高野に今夜の手当は弾むように言っておいてやる。おまえは高野の許可があれば従うようだしな」

笑っているのに、どこか物騒なものを感じさせる表情で言う。

「結構です」

「タダでいいのか？」

「俺は商売女じゃない」

「確かに女には見えないな。――どうせ一度許してるんだ、もう一度増えたくらいで何も変わらないだろうが」

「本っ気で最低……」

直海は顔を顰めたが、

「もう黙れ」

イヴァンはそう言って直海の唇を口づけで塞《ふさ》ぐ。当然のように入り込んできた舌に、また歯を立ててやろうかとも思ったが、なぜかできなかった。

――どうせ、どう暴れようとするつもりなんだろうし……。

諦めは、ある。

だが、それ以上にミーシャのことが、直海の中に重く残っていた。

犬と人間を呼び間違うようなことは、普通であればあまりない。

しかし、イヴァンは呼び間違う。

それは、ミーシャがイヴァンにとって家族としてずっとそばにいたということだろう。

その家族を、まるで見せしめのように殺された。

それも、自分が与えた餌で。

それ以外にもイヴァンは痛みを抱えているだろう。

そう思ってしまった今、イヴァンを拒むことはできなかった。

「……随分と大人しいんだな」

じっとしている直海の様子にイヴァンが問いかける。

「縛ってでもやるんでしょう？　無駄に抵抗して明日の任務に支障が出るのは嫌なんです」

「おまえが大人しくしてれば、済む話だ」

「……協力はしませんよ」

直海の言葉にイヴァンはふっと笑った。

「そこまでは期待してない」

そう言うと、再び口づけてくる。それと同時にパジャマのボタンが外され、次いでパジャマのズボンに手がかかる。

押し下げられるのに、直海は少し腰を上げた。

「協力しないんじゃなかったのか？」

唇を少し離し、イヴァンがからかうように言う。

「パジャマを汚したくないだけです」

直海が返すとイヴァンは何も言わずただ笑った。

足から下着ごとズボンが取り払われ、パジャマも完全にはだけられて着ているとはいえないような状態になる。

それが妙に恥ずかしくて、もしかしたら緊張した顔になっていたのかもしれない。

イヴァンは薄く笑みを浮かべると、直海の額に唇を落とした。

「心配するな、すぐに何も考えられなくしてやる」

その言葉は、確かだった。

唇は胸の尖りへと落とされ、それと同時にもう片方へも手を伸ばされる。残った手は直海の下肢へと伸びて、自身を捕らえると緩やかな愛撫を与え始めた。

「……っ…」

いきなり三カ所に触れられて、直海の息が詰まる。

胸への愛撫は気持ちがいいというよりも、くすぐったい程度でしかないが、さすがに自身へ施される愛撫は的確だった。

弱い先端を中心に指を動かされて、直海自身はたやすく熱を孕む。

それをイヴァンはゆっくりと扱き、時折気まぐれに先端を指で擦りながら、胸への愛撫も続けた。

自身に施される愛撫で体が敏感になり始めたのか、くすぐったさ程度しか感じなかった胸が少しずつ違うものを直海へと伝えてくる。

微かな痛みにも似た、けれど甘さを含んだそれに、直海は戸惑った。

「……っ…あ」

自身の先端を強く擦られるのと同時に、胸に歯を立てられて、直海の唇から甘い声が上がる。

――何、今の声……。

自分が出したとは思えない声に戸惑ったが、続けて与えられる愛撫に、声は次々に漏れた。

「ああっ…あ、あ……っ！」

トロリと自身から蜜が溢れ、そこで遊ぶように蠢いているイヴァンの手も滑る。恥ずかしさを感じても、愛撫の手が緩むことはなかった。

それどころか激しさを増し、直海を追い上げていく。

「あ……っ…待て…、あ、待っ……」

急速に昇りつめそうになり、直海はイヴァンの腕を掴んだが、イヴァンが止まることはなかった。

「やぁ……っ、あ、だめだ…出る……、あ、あ！」

ひくっと腰が震え、直海はなんとかして堪えようとしたが、イヴァンの指先が意地悪く先端を擦りたて、呆気なく達してしまう。

「ああ…、あ、あ」

直海が体を震わせて絶頂の余韻に浸る間も、イヴァンの手は緩く直海を扱き続けた。

達しきり、体を完全に弛緩させたのを感じとると、イヴァンは胸から顔を上げ、直海の蜜でドロドロに濡れた手をそのまま後ろへと滑らせた。

その感触に直海は息を呑む。

「気持ちよくなれることは知っているだろう」

イヴァンはそう言うと、濡れた指で窄まりの表面を遊ぶようにして触れる。

「……っ…」

ぬるぬると滑る感触がいやらしくて、直海は体を震わせた。

そのうち、窄まっていた蕾が触れられることに慣れて柔らかく溶け、イヴァンが少し指に力を入れただけで、するりと中に入り込んでくる。

「あ……」

「一本だけなら、大したこともないだろう?」

「…そういう問題じゃない……」

「恥ずかしいなら諦めろ。嫌がってもやめるつもりはないからな」

イヴァンはそう言うと、奥まで埋めた指を軽く揺らしながら、再び直海の胸に唇を落とした。

だが、その唇は軽く尖りを吸いあげた後、腹筋を辿るようにして下腹へと向かい、そうして蜜を放ってしなだれている直海自身へと落ちた。

「ちょっと……待っ……」

ぬるりとしたものに自身が捕らわれた感触に直海が慌てて顔を向けると、イヴァンはまるで見せつけるようにして直海自身に舌を這わせていた。

それを目の当たりにして、一気に直海の頭に血が上る。

「そんなこと……っ」

「この程度のこと、されたことはあるだろう？」

そう言って、イヴァンはもう片方の手で直海を掴むと、根元を緩やかに扱きながら、その先端を口腔に招き入れた。

「ミスター…っ！」

咎めるように呼び、離させようと直海は上体を起こしてイヴァンの髪を掴む。

だが、イヴァンはそれを封じるかのように、直海自身にねっとりと舌を絡ませながら、中の指で直海が感じるあの場所を突きあげた。

「ああっ！　あ…やめ……そこ…」

走り抜けた快感に直海の手から力が抜ける。それを感じながら、イヴァンは愛撫を強めていく。

直海自身の先端に甘く歯を立てながら軽く吸いあげ、中の指で感じる場所をゆっくりと擦る。

あっという間に直海自身は熱を孕みきり、新たな蜜を漏らし始める。その蜜をイヴァンは舐め取りながら、直海を追い詰めすぎないような愛撫を続けた。

「や……ぁ、あ…、だめ…だ……そこ、あっ」

とろ火であぶるようなぬるい愛撫で、直海の体はどんどん蕩けていく。

気がつけば中を穿つ指は三本に増えて、直海自身からはひっきりなしに蜜が溢れているのが、蜜を飲み下すイヴァンの喉の動きで分かる。

羞恥が悦楽を増幅させて、直海は淫らに腰を揺らした。

「もう……、あ、ああっ、あ」

舌先で先端の穴をくじられ、直海の腰が跳ねる。だが、達するには刺激が足りなくて、直海の体の中で熱がくすぶる。

「ミスタ……、もう…いい加減……」

震える声で直海が告げた時、イヴァンはゆっくりと下肢から顔を上げた。

「いい加減、なんだ？」

いたずらな眼差しで問い返され、直海は唇を震わせる。

言葉にすることを強要しようというのだろうか。

直海が眉根を寄せると、イヴァンは薄く笑った。

「冗談だ。指でイかせてやってもいいが、これだけ柔らかくなっていれば充分だろう」

イヴァンはそう言うと、根元を縛める指はそのままで、直海の後ろを弄んでいた指を引き抜いていく。

嬲られることで得る快楽を知った後ろは、物足りなさを訴えるように淫らに蠢いて、引きとめようとするが、イヴァンはあっさりと指を引き抜いた。

代わりに自身のパジャマを下着ごと押し下げ、中から猛りきった自身を取り出す。

「コレで一番いいところを擦ってやる。遠慮せずに出せばいい」

そう言うと、先端をヒクついている直海の蕾へと押し当てた。

「あ……」

熱の感触に直海の体が震え、声が漏れる。

「入れるぞ」

言葉とともに蕾が押し広げられ、ゆっくりと中にイヴァンが入り込んできた。

「ああっ、あ……、擦れ……、あ、あ！」

「ココ、だろう？　ほら、好きなだけ出せ」

張り出した先端でイヴァンは直海の前立腺を抉るようにして突きあげる。それと同時に直海自身を強く扱き、強すぎる悦楽に直海はなす術もなく、昇りつめた。

「ああっ…、あ…待って、中……、あ、あ」

放つ間もイヴァンは直海の弱い場所を擦りあげ、直海自身を扱く手の動きも止まらなかった。

そうされると、昇りつめたままの状態が連綿と続いて、直海の体は痙攣《けいれん》したままになる。

「ああ……、あ、ああっ」

蠕動《ぜんどう》する肉襞の動きに誘われるように、イヴァンは奥まで一気に直海を貫いた。指では届かなかったその場所まで犯されて、その刺激に直海の頭が一瞬真っ白になる。

「ああ！　あ……ぁ…、あ……」

その内壁と同じくらいに蕩けた声を上げて、直海の体が不規則に震える。果てがない絶頂の感覚を処理しきれなくなっている様子だ。

それにイヴァンは一度動きを止め、直海が落ち着くのを待つ。

その間もイヴァンを受け入れた肉襞はねっとりとイヴァンに絡みつき、唆すような動きを見せた。

「大丈夫か……」

焦点のぶれていた直海の目が、ゆっくりと像を結ぶ。

「ミスタ……」

「飛ぶにはまだ早いだろう？　せめて一度は俺がいくのを待て」

イヴァンは軽い口調でそう言うと、奥まで埋めた自身を軽く揺らした。

「あ……っ」

それだけの刺激でさえ、体には甘ったるい愉悦が走り、勃ちあがったままの直海自身から、またトロリと蜜が溢れた。

「いい体だな」

イヴァンはそう言うと、直海の腰をしっかりと掴み、乱暴に思えるほどの動きで腰を使い始めた。

「や……っ…あ、あ、待っ…、擦れ……中、あ、あ！」

うねる媚肉をすり潰すような傲慢さでイヴァンは抽挿を繰り返す。ぬちゅっと濡れた音を漏らしながら繰り返される律動に、直海は頭を振って悲鳴じみた声を上げた。

「あ——ぁ、あっ、そこ…嫌だ……、あ、あぁっ…、ぃやっ、あ、あ」

浅い場所まで引いて、奥に戻る時には必ず、一番感じる弱い場所を張り出したえらの部分で引っかけるようにされて、直海は与えられる深い悦楽に溺れた。

「いいんだろう?」

「い……い…、あっ、ああ、あ、いく…、あっ」

直海の背が弓なりに反り、それと同時に直海自身がまた弾ける。だが、短時間で昇りつめたせいか、薄い蜜がぴしゃりと飛んだだけだ。

それでも絶頂の感覚は長く続いて、直海は限《き》りもなく体を震わせる。

感じきり、締めつけながらも柔らかく蕩ける肉襞の感触に、イヴァンは軽く歯を噛みしめ、最後の律動を送り込むと、最奥で飛沫を迸らせた。

「…く……っ」

「あ——ああっ、ああ」

体のさらに奥深くを飛沫が遡《さかのぼ》っていく。

その感触に直海は新たな悦楽を灯され、体を痙攣させた。

「熱…い……、中…、ダメ…だ、動くな……」

達してなお硬度を残す自身で襞を掻き混ぜるようにして動くイヴァンを制止しようと、直海は激しい息遣いの中、言葉を紡ぐ。

「そんな無茶を言うな……こんなに気持ちがいいのに、止まれるわけがないだろう」

イヴァンはそう言うと、ゆったりとした動きでまた腰を使い始め、直海は新たな悦楽に流されるしかなかった。

6

——あああ……。

ベッドの上、体を起こした直海は胸の内で盛大なため息をつき、そしてうなだれる。

隣には健やかな寝息を立てるイヴァンがいて、彼は当然いつもの全裸だが、直海も同じく全裸だ。

——やっちまった……。

腰に残る重だるい違和感。

昨夜の行為をまざまざと思い出し、直海はとてつもない後悔に襲われていた。

——最初の一回は、こいつに無理矢理されたってだけだけど、昨日のはヤバイだろ！

なんなの、俺。この流され大将軍が！

バカバカバカバカ、と昨夜の自分を殴りたい。

物凄く殴りたい。

——SP失格じゃねぇかよ！

クライアントとプライベートな関係を持った。それは、あってはならないことだ。

――死ね、とりあえず昨夜流された俺、今すぐ死ね。

無論そうなった場合、延長時間上にいる自分も死ぬわけだが、そんなできもしない理不尽を胸の内で繰り返す程度に、直海は深い悩みの中にいた。

だが、何より問題なのは昨夜のことを『SPとして失格』だと捉えているが、個人的感情としては受け入れるような節のある自分自身だ。

――けどそれは、ミーシャのこととか聞いて可哀想って思ったからで！

だから、同情だ。

個人的な好感があるわけじゃない、と直海は結論づける。

「おい、朝から何を百面相してる」

不意に声をかけられ、はっとすると、寝ていたはずのイヴァンが目を覚ましていた。

「……っ…はようございい、ます」

声が上ずってしまったのは、イヴァンの声に驚いたからだと思いたい。ついでに心臓が無駄にドキドキしているのも。

「そんなに早くもないだろう。悠長にしていたらミーティングに間に合わないぞ、おまえ」

そう言われて直海は時計を見る。時計の針は八時を回っていた。

「わ…ヤバ……」

直海は焦ってベッドを出ようとして、一瞬戸惑う。

イヴァンの前で全裸を――昨夜も散々見られているだろうが――晒すのにはやはり抵抗があったからだ。

「気にするな、もうおまえの体は全部把握済みだ」

「いちいち言葉にしないで下さい」

「それから、中は昨夜のうちに処理済みだ。準備に手間取ることもないだろう」

「だから、いちいち言葉にすんなって言ってるんです！」

キ――――っ！ と噛みつきそうな勢いで言って、直海はベッドから抜け出し、足早にバスルームへと向かう。

確かに昨夜は、終わった後でバスルームに運ばれた。

正直疲労困憊で指一本動かすことさえ大儀、という状態だった直海は、疲労から睡魔にも襲われて半分寝ているような状況だった。

その直海の体を丁寧に洗ってくれたのは覚えているが、その先のことは覚えていない。恐らく寝てしまったのだろう。

もっともそのおかげで洗顔と歯磨きだけで朝の支度を終えられたのは何よりだし、この前のように鎮痛剤が必要な痛みはない。

――やたら丁寧っつーか、ねちこかったからな、前戯……。

ふっと頭によぎったそんな考えに直海は慌てる。

「死ね、ホント死ね、この思考！」

芋蔓式《いもづるしき》というよりは投網《とあみ》漁《りょう》レベルで昨夜のことを思い出しそうになり、直海は思考をぶった切ると、ベッドルームに戻った。

イヴァンは起きていたが、ベッドの上に自堕落に横たわったまま、戻ってきた直海を見ていた。しかしその視線は性的なものを含んではいない様子で、意識をした方が負けだと直海はさっさと着替えを済ませる。

そしてネクタイを締める頃になってようやくイヴァンは体を起こし、軽く伸びをしながら言った。

「今日は人前で首元のボタンを外すなよ」

「え？」

「うなじからキスマークが見える」

軽い爆弾を落とされて、直海はブツっとキレた。

「何してくれてんですか！　今日はって、今日だけで済まないでしょう！　高野さんにバレたらどうするんですか！」

「目測を誤っただけだ、大したことじゃないだろう。それにボタンを外さなければ見えるわけじゃない。それともおまえにはうなじをいちいち高野に見せる習慣でもあるのか？」

嫌味を含んだその言葉に、直海は息を吐く。

「あるわけないでしょう、そんな習慣。ていうか、見えない位置だったらいいとか、そういう問題じゃないですからね！」

うっかり関係を持ってしまったが、それは勢いというか、成り行き上仕方なくというか、とにかく、甘ったるい感情があってのことではない。

だから、所有を宣言する痕を残すような真似はそもそもおかしいのだ。

「まったく、朝から本当に元気だな、おまえは。一晩寝ればそこまで回復するか」

ニヤニヤ笑いながら言うイヴァンに、直海は声にならない羞恥に頭のてっぺんまで真っ赤になった。

「まあ、おまえの相手は後でゆっくりしてやる。とりあえずミーティングに行ってこい」

「言われなくても行きますし、後で相手をして下さらなくて結構です！」

直海はそう言うと、脱兎《だっと》の勢いで部屋を後にした。

「では、ミーティングを始める。まずはクライアントの様子だが栗原、どうだ」

直後のミーティングで、いつものように高野から聞かれ、直海は一瞬戸惑った。

「え……、あ、別条ありません」

「本当か？」

言葉に詰まったのを見逃すほど高野は甘くない。それに直海は別のことを付け足した。

「ただ、半年前、氏は飼い犬を亡くしています。氏が与えたペットフードに毒が混入されていたそうです」

「ペットフードに毒？」

訝しげに高野が問い返す。

「はい……。脅しだと氏は言っていましたが」

「それであれほどまでに毒見にこだわるのか……」

調理の監視体制に万全を期しているといっても、直海に常に毒見をさせている状況を、慎重というよりは信用をされていないと見る向きがあったが、愛犬が殺されたとなれば別だろう。

「しかし、初耳だな、その話は。そういう話もするようになったか」

「偶然ですが」

「信頼関係はできているようだな。とりあえず、氏の状態に変わりはない、ということでいいか」

「はい」

直海はそう答えながらも、高野に嘘をついているような気がして気が重かった。

いや嘘はついていない。

信頼関係は多分、できていると思うし、直海が対応できないような我が儘も——いや、対応してはいけない我が儘を聞いてしまった。

そのことが後ろめたいのだ。

「本部からの分析ですが、そろそろ周辺がきな臭くなりそうです。ホテルの周囲にこのところ不自然なレンタカーの停車が増えています」

その報告に高野は表情を変えないまま、

「付け入る隙を狙ってくる、か」

呟くように言った。

「別の滞在先への移動を検討し始めるべきだと」

「分かった、時期を見る。しかし、この状況で明後日の会食か……」

高野が一つ息を吐いた。

それは二日前に組み込まれた予定だ。

日本の企業がイヴァンとの合同事業の話を持ちかけ、まずは食事でも、という流れになったのだ。

「シミュレートは各自充分にやっておけ、いいな」

高野の言葉に全員が表情を引き締め、はい、と返事をする。

もちろん直海もだ。

——浮ついてる場合じゃない……。

自分に言い聞かせる。

高野に対して後ろめたい気持ちはある。

だが、それを切り放して仕事に集中しなくてはならない。

万分の一の気の緩みがクライアントの死につながりかねないのだから。

——あれは、あれ、これはこれ、だ。

直海はさっきまでの気持ちの全てを封じ込めた。

◇◆◇

イヴァンからの過剰なスキンシップは相変わらずのまま、それでも何事もなく二日が過ぎ、会食の日がきた。

「なんとか辿り着くところまでは無事に来たな」

会食が行われている部屋の前に、以前と同じように待機した大久保が言う。

「そうですね。何もなければいいんですけれど」

会食の舞台は大きな日本庭園を有する料亭だ。出入り口は三カ所。会食が終わる五分前に帰宅用の車が全ての場所に配置され、帰る寸前にどの出入り口を使うかを決めるのはこの前と同じだ。

部屋からは時折笑い声が聞こえる。この前のようにいきなり会食が打ち切られることはなさそうだ。

その予想通り、予定時間になると場はお開きになり、部屋の引き戸が開き、ボリスが姿を見せた。

「庭園に下りることはさせないが、ゆっくり見せてやりたいから縁側を歩かせていいか」

「少し待って下さい、確認します」

直海はそう言うと室内に入り、縁側へと出た。縁側は軒が深く、部屋に沿って歩けば周囲の建物から狙撃されたとしても角度からして上半身は狙えないだろう。

「太ももから下を撃たれるという可能性は否めませんが」

「死にはしないいな」

「痛むでしょうけれどね」

そう言いながらゆっくりと直海は庭園の設《しつら》えを見る。

確かに、美しい庭園だ。

「縁側に沿っていくと……通用口が一番近いか」

ボリスの言葉に直海は頷く。

「ええ。では通用口から？」

「ああ」

「ではそれで」

直海は言うとインカムで連絡を入れる。その連絡でイヴァンや直海たちの靴も通用口へと運ばれる手筈だ。

料亭の女将が話す庭の説明を、直海はその場で英語に訳しながらイヴァンに伝える。イヴァンは感心したように頷いたり、足を止めて見入ったりと、思いのほか気に入った様子だ。

「日本の庭というのは、神秘的だな。影の落ち具合までが計算されているように思えるほどだ」

そう言われ、直海は空を見上げた。空には満月に近い月齢の月が雲の合間から美しくその姿を見せていた。

「お気に召したなら、ご自宅に日本庭園を設けられたらどうですか？　ミスターの財力ならたやすいでしょう」

直海の言葉に、イヴァンは、

「建物とのバランスが悪くなるだろう。どうせなら別に土地を買って建物から全て日本風にした方がいい」

直海の上をいく返事をしてくる。

――マジでセレブ様だな……。

分かってはいたが、イヴァンの金銭感覚は直海の想像を簡単に超える。もっともそんなことにも慣れっこになってしまっているので、なんとも思わなくなっていたりもして、慣れって怖いなと思うのだ。

さほどゆっくり、というわけではなかったが庭園を一通り見た後、通用口から外に出た。

車まで十メートルほどのアプローチをイヴァンを囲むようにし、周囲を警戒しながら進む。

ふっと先の道路が明るくなった。

いつの間にか一度月は雲の中に入っていたのだろう。それがまた姿を見せ、明るく照らし出したのだ。

それと同時に周囲を見渡していた直海の視界に、咄嗟に言葉にできない違和感があった。

そして意識するより早く、体が動き、イヴァンの腕を掴んで引き倒していた。

「な……！」

言葉と銃声は、どちらが早かったのだろう。

その音を合図に、直海に引き倒され体勢を崩したイヴァンを大久保が抱えて立たせると強引に車の中へと連れ込む。

「直海！」

地面に膝をついたままの直海の耳にイヴァンが自分を呼ぶ声がしたが、車はイヴァンが乗り込んだ瞬間にドアが閉まるのも待たず走りだし、遅れてドアの閉まる音がした。こういった状況では、とにかく警護対象を現場から逃がすのが鉄則だからだ。

銃声からそこまで十秒とかからなかった。

「大丈夫か、栗原」

「はい、当たってはいません」

インカムで狙撃がありました、とやり取りされている声が聞こえる。直海はゆっくりと立ち上がった。

「他に誰も？」

「ああ、少なくともここにいる連中は無事だろう。ミスターも撃たれてないと思う」

その言葉に直海は地面に目をやる。

血痕らしきものは見当たらなかった。

――大丈夫なはずだ……。

そうは思っても、胸の内に不安が広がる。

――ミスター……。

どうか無事で、と直海は祈りを捧げるように心の中で呟く。

その中、バラバラと別の二カ所にいたSPたちが数人ずつヘルプに集まってきた。残りのSPは全てイヴァンを守るためにホテルへと戻ったのだろう。

「怪我人はゼロか」

「ああ、現場はそうだ」

確認し合う声の後、

「栗原、よく気付いたな」

直海に声がかけられた。

「え……ああ、そうですね」

直海はそう言いながら、寸前に起きたことを思い返す。

アプローチを、周囲警戒をしながら進んで、そして雲間に入っていた月が出てきて道路を照らした。

その時に視界に入った違和感。

「あの方向に不自然な光の反射か何かを見たんだと思います。確認するより先に、ミスターを」

直海は左斜め前方のビル群の一角を指差した。

「ライフルか何かのレンズか」

「分かりません。でも、とにかく違和感があって」

正確に何があったかは覚えていなくて、違和感と言うしかなかった。

「まあ、正しい判断だった」

そう言って軽く肩を叩かれる。

遠くからパトカーのサイレンの音が聞こえてきていた。

◇◆◇

警察からの聴取など、いろいろなことを終えて直海がホテルに戻ってきたのは間もなく日付が変わるという時刻になってからだ。

直海はまず高野に報告に向かった。

「まずはお手柄だったな」

直海の姿を見て、高野はほっとした様子で言った。

「偶然もかなり作用しましたが、ミスターも無傷とのことでよかったです」

「ああ。おまえがいなけりゃ、どこかしら当たってたかもしれないがな」

イヴァンに怪我がなかった、ということは警察の聴取に入る前に伝えられてはいたが、高野に肯定されてほっとする。

嘘を伝えられたとは思っていないが、それでもどこか不安だった。

「確定じゃないものの、現場検証に立ち会った奴から報告があったが、出てきたのはライフルの弾だ。アプローチの塀にめり込んでたとよ。角度から考えて確実に頭を狙ってきてる。おまえが気付かなけりゃどこかしら怪我してた可能性がある。もしかしたらってこともあり得ただろう」

「そうでしたか。よかったです」

そう返した直海に、高野は一つ大きく息を吐く。

「とりあえず、安心した」

「ええ、本当に誰にも怪我がなくてよかったです」

「そうじゃない」

高野は頭を横に振り、そして続ける。

「おまえのメンタル面が懸念材料の一つになってたからな」

「あ……」

「怪我をした時と似た状況。銃口がクライアントに向けられていると判断した時点で、体が動くかどうか。……死なないと分かっている訓練でなら反応できても、実際の現場で凍りつくってことはよくある話だ。特におまえはあのケガ以降、その再訓練はまだやってない。それで今回の判断なら、心配はないだろう」

直海自身、一番心配していた部分だった。

イヴァンに、同じことがあった時にかばうのかと言われて、そうすると答えはしていたが心のどこかでできるのかと自問していた気がする。

だが、体は知らない間に動いていた。

「肩のリハビリさえ順調にいけば、本格復帰だな」

そう言われて、直海は、はい、と力強く頷いた。

「まあ、おまえが戦力としてかなり使えるって確認できたところで、一応報告しておくが数日内に滞在先を変更する。今回の狙撃に失敗したことで、向こうが荒っぽい真似をしてこないとも限らないからな。撹乱《かくらん》の意味も込めて、短期移動を繰り返すかもしれん」

「ミスターには？」

「移動の可能性だけは伝えてある。詳しくはこれから協議だ。早ければ明日の午後にでも移動する」

急だとは思ったが、もともと可能性として出ていた話だ。すでに移る場所は確保してあるのだろう。

「分かりました」

「もう戻っていいぞ。とりあえず今夜は警戒態勢を解くな」

高野の言葉に、直海は黙って頷いた。

◇◆◇

イヴァンの元に戻ったのは、一時前だった。

もう眠っているかもしれないと思ったが、イヴァンは起きていて、ソファーに座りテレビを見ていた。

その姿を見て、直海の胸の中にあった不安の影がようやく取り払われた。

無事だと聞いてはいたが、心の芯の部分が凍りついたようになっていて、実際に自分の目で無事を確かめたことで、やっと安堵することができた。

「遅くなりました」

そう言いながらドアを閉め、鍵をかける。もう習慣のようになった動作だ。

イヴァンは画面から目を離し、一度直海を見た。

「無事だったようだな」

「ミスターも、ご無事で何よりです」

そう言った後、

「驚かれたんじゃないですか？　突然のことだったので」

直海は続けて問う。

「多少はな」

イヴァンはそっけなく言うと、視線をテレビへと戻した。

「まだ、起きていらっしゃるんですか？」

イヴァンがいつも何時頃寝ているか、知らない。直海は毎晩十時過ぎにはベッドに入るが、イヴァンが直海が起きているうちにベッドに来ることは、あったりなかったりでまちまちだ。

「もうそろそろ眠る。おまえこそ、着替えて戻ってくるかと思っていたが」

「いえ、俺は今夜警戒態勢に入れという指示なので」

いつもの調子なら、そんなことは放っておけ、と抱き枕を強要してくるかもしれないなと思ったが、イヴァンは短く、そうか、とだけ言うとテレビを消した。

「後は頼む」

そう言うと立ち上がり、イヴァンはベッドルームの方へと消えた。

――いつもと様子が違うな……。

そう感じたが、さすがに狙撃されれば精神的に不安定になるだろう。

一晩寝て少し安定してくれればいいな、と思いつつ、直海はダイニングセットの椅子に腰を下ろした。

しばらくの間、イヴァンがバスルームを使ったりしている音がしていたが一時間もすると静かになる。

――勘は鈍ってなかった……。

直海は今日のことを思い返す。

以前は繰り返し見ていたあの夢も、今回の仕事に入ってからは一度も見ていない。

――大丈夫、俺はやれる。

何があっても、クライアントを守る。

それが誇りだ、と直海は胸の中で呟いた。

朝、いつもよりも少し早い時刻にイヴァンは起きてきた。バスルームに向かった気配がし、ややするとバスローブを纏った姿でリビングに姿を見せる。

「おはようございます。眠れましたか」

直海が問うと、イヴァンは、ああ、と返事をした後、

「今すぐ高野を呼べ」

そう言った。

「高野を、ですか？」

今までになかったことで、直海は戸惑う。

──あ、もしかしたら移動のことか？

一応、イヴァンにも伝えてあると高野は言っていた。もしかすると移動先に関してのリクエストなりなんなりがあるのかもしれない。

「分かりました、連絡します」

直海はそう言うと高野に連絡を取った。内容はよく分からないが、とりあえず来てくれるようにと伝えると、高野は、すぐに行く、と言った後、苦笑したような声で『今度はどんな我が儘言うつもりだろうな』と付け足した。

──海の見える場所がいいとか…昨日、日本庭園が気に入ったような感じだったからそういう場所にしろとか？

そんな予想をしながら、直海は高野が来るのを待った。

すぐに行く、と告げた言葉通り、高野は間もなく部屋に来た。

「ミスター・ヴォドレゾフ、何かご用がおありだと伺いましたが」

高野がそう言うと、イヴァンはソファーに座したまま、直海へと視線をやった。

「こいつを解雇する」

冷めた声が告げたのは思いもしない言葉だった。

「え……」

信じられなくて、直海は目を見開く。

高野は困惑した様子で眉根を寄せた。

「なぜ、でしょうか。栗原の働きはミスターも充分ご存知かと」

「ああ。だが昨夜の一件でも分かる通り、遊んでいられる状態ではないだろう。遊び相手はもう必要ない」

ばっさりと切り捨てる。

「ですが、栗原は昨夜も」

「そのことには感謝する。しかし、接近戦に不安の残る相手を頼りにはできないだろう。他のSPと同等の働きはできないと最初に言ったのはそちらだと思うが」

確かに、そうだ。

肩はまだリハビリの途中で、イヴァンにも肩の傷を押さえつけられてその痛みに怯んだせいであんなことが起きた。

――結局最初から、俺はただの暇潰しの相手だっただけ、か……。

いや、実際そうだった。

だが、それでも少しは信頼されていると思っていた。それは勝手な直海の思い込みだったが、その分、胸が痛い。

「分かりました、下がらせていただきます」

直海は事務的な口調で言った。

「栗原……」

高野が心配そうに直海を見る。

「ミスターのおっしゃる通りです。接近戦になれば、私では足手まといになりますし、もともと後方支援ということで配属されていたわけですから」

直海の言葉に高野は何か言いたげな様子を見せたが、

「分かりました。栗原は下がらせます。代わりの者を連れてきましょうか」

「いや、今でなくともいい。それから、昨日言っていた移動の件だが、どうなった」

イヴァンは話を変えた。直海の件はどうやらもう終わったらしい。

「賛成がいただければ、今日中に一度移動するのがベストだろうという話になりました。それで相手の出方の見ようと」

「分かった。もういいぞ」

その言葉に、直海は高野と一緒に部屋を出た。

いつものように外に立っていたボリスは、高野と一緒に出てきた直海の姿に少し驚いたような顔をした。

「連れだって出てくるとは思わなかったが」

「栗原はクビだそうだ」

高野は軽い口調で言う。

「クビ？　穏やかじゃないな」

ボリスは顔を顰めたが、

「こちらとしては嬉しくもあるがな。何しろ栗原は休みなしの連続勤務だ。ゆっくりさせてやりたい」

高野がそう言うと、それもそうだなと納得したように頷いた。

「じゃあ、当分は来ないのか？」

直海の顔を見て、ボリスは聞いた。

「チーム長が何日休みをくれるかによりますね。その後は後方支援で来ると思いますが」

落ち込んでいるなんて気取られたくなくて、直海は軽い口調を装った。

「そうか。まあ、ゆっくりしてくれ」

ボリスにねぎらわれ、直海は小さく会釈《えしゃく》だけをした。

プレジデンシャルスイートを出て、とりあえずエグゼクティブスイートに入る。そこで高野はため息をついた。

「まさか、こういうことになるとはな」

「……昨日の狙撃がショックだったんだと思います。それで、確実に自分の身を守れる人材で固めたいと思ったんじゃないでしょうか」

それは当然の成り行きだ。クライアントに簡単に押さえつけられるようなＳＰが必要なはずがない。

「おまえをゆっくりさせてやりたいって、ずっと思ってたのに……酷く悔しい」

高野の口調は苦かった。

「俺もです。けれど、万全じゃないのは事実ですから」

「直海……」

高野は何か言葉を続けようとした様子だったが、適当な言葉が見つからなかったのか、そのまま黙す。

いくばくかの沈黙の後、直海の方から口を開いた。

「俺、今日はこれからどうしていればいいですか？」

「そうだな……、とりあえず三時間ほど仮眠をとれ。その後、作戦本部で待機してろ。いつ奴の気が変わるか分からんからな」

「分かりました。これから本部へ行って、呼び出されるまで本部の仮眠室で惰眠を貪ってます」

直海はおどけて言う。

「三時間の仮眠っつっただろうが」

「用があったら起こしてくれますよ。それまで寝てます」

「こき使えって伝言送っといてやる」

高野もやっといつもの調子で返してくる。それに笑って、じゃあ、本部へ行ってきます、と直海は部屋を出た。

廊下では警備をしている同僚がエレベーターに向かう直海に不思議そうに声をかけてきた。

二十四時間張り付きから解放されたから、本部待機してくる、と笑って言うと、お疲れ、と帰ってくる。それにお疲れ、と返し、呼んでくれたエレベーターに乗り込んだ。

保っていた笑顔は、エレベーターのドアが閉まった途端に崩れた。

虚しさに涙が溢れる。

――戦力としては見なさないでくれって言ったのは、俺の方だ。

だから、重要な局面で切られるのは当然のこと。

でも――こんなに簡単に切り捨てられると思っていなかった。

胸が痛くて、息ができないほど胸が痛くて――けれど、どうすることもできなかった。

◇◆◇

作戦本部というのは芳樹のオフィスのことだ。

現場からの情報やそれ以外の情報も全て集約してまとめ、随時対策を練っている。

直海は本部待機になった旨を伝えると、とりあえず仮眠室へと向かった。

眠れるかどうかと思っていたが、昨夜の件と寝ずの番で思った以上に疲れていたらしく、横になるとすぐに寝てしまった。

起こされたのは昼をとうに過ぎてからのことだった。

昨夜の狙撃について詳しい話を聞かせてくれと言われ、直海は作戦本部へと向かった。

「では、時間などはほぼ予定通りだったんだな」

実務部長の小野田が問う。

「ええ。前回のような大幅な変更はありませんでした。ほぼ予定通りです」

答えながら、ホワイトボードに描かれた現場のイラストを見る。狙撃手がいたと思われる場所は七十メートル先のビルの五階だと断定されていた。

「しかし、おまえ本当によく気付いたな。弾道からいって、おまえが気付いてなけりゃ、かなり危なかったと思う」

小野田は感心したように言う。

「偶然に助けられた部分もあると思います」

警察でも言ったが、直海は何を違和感としてとらえたのか、分からなかった。可能性として一番高いのがレンズの反射だろうということになっただけで。

「帰宅ルートの選定は現場でか？」

「はい、そうです」

その言葉に詰めていた全員が考え込む。

「てことは、雇ったスナイパーは三人いるってことも考えられるのか」

「全ての出口を押さえてたってことか…、それとも通用口だと賭けていたか」

使用する出口を直前に現場で決めるのは、相手に手の内を読ませないためだ。確かに出口を全て押さえさせるということも考えられなくはない。だが、

「会食の情報自体、どこから漏れたんでしょう。俺が聞かされたのは会食の二日前です」

直海はまず根本的な疑問を口にした。

「決まったのがその二日前だからな」

「相手側から漏れたんでしょうか？」

仮にそうだとしても、情報が回るのが早すぎる気がする。

――何か俺、大事なことを忘れてないか？

直海は昨夜の記憶を精細に辿る。

――会食は時間通りに終わった。その後で、イヴァンに日本庭園を縁側から見せて、それで通用口へ向かって……。

破綻《はたん》したところはない。

忘れていることもない。

だが、何か引っかかるものがある気がする。

――もう一度思い出せ……。

雲の合間から出ていた月、日本庭園を神秘的で美しいと話していたイヴァン。

――違う、もっと別の何かがあるはずだ。

何度も繰り返し記憶を辿り、十何度目かの反芻《はんすう》の果て、直海はあることに気付いた。

――イヴァンが危ないかもしれない……！

直海ははっとして、携帯電話を取り出した。

「どうした、何か思い出したのか？」

形相を変えて携帯電話を操作し始めた直海に小野田が声をかける。

「高野チーム長に伝えないと……」

「高野に？　一体何を思い出した！」

「後で言います。……あ、高野さん、俺です！」

幾度かのコールの後に電話に出た高野に、直海は叫ぶように言った。

7

イヴァンの新しい滞在先は、芳樹が幾つか所持している別荘のうちの一つだった。

高野に連絡した直後、直海は本部を飛び出し、そこに先着した。室内の清掃や点検などを行っていたチームのメンバーには、高野から直海が来ることは連絡済みで混乱なく出迎えられた。

直海がイヴァンの警護から外れた、ということはまだ連絡されていない様子で、特に疑問視もされなかった。

直海はイヴァンのために準備されている部屋のクローゼットの中に身を潜めた。

——そんなこと、あるわけがない……。

頭で打ち消しても、胸の中で何かがきしむ。

揺れる自分を感じ、直海は小さく深呼吸をする。

——勘違いなら、勘違いでいい。可能性の問題として、ゼロではないからこうしてここにいるだけだ。

優先されるのは常にクライアントの身の安全。

それだけだ。

胸の内でその言葉を繰り返すうち、すっと気持ちが落ち着いてくる。

部屋の中が見渡せるよう、気付かれない程度に薄くクローゼットの扉を開き、その時を待つ。

ほどなくして人の動きが慌ただしくなったのを感じ、それからややして部屋のドアが開いた。

入ってきたのはイヴァンと、そしてボリスだ。

いつも直海がしていたように、ボリスが部屋の鍵をかける。

イヴァンは脱いだジャケットをソファーの背に投げるようにしてかけ、ボリスは持ってきた荷物を床に置き、イヴァンに何か話しかけた。

ロシア語での会話は、何を言っているか分からないが、立ったまま向き合って話す二人の口調は穏やかだ。

しかし——ボリスは流れるような動きでジャケットの内側から銃を取り出し、イヴァンへと向ける。

——やっぱり……。

直海の頭から一瞬血の気が引き、そしてゆっくりと戻ってくる。

昨日、通用口から、と最初に言ったのはボリスだった。

縁側沿いに日本庭園を見るなら、確かにそこが一番近い。違和感のある選択ではなかった。

どのルートを選んでもいいようにと対応していたからこそ、その選択も受け入れられた。

だが、それは蛇の誘いだったのだ。

スナイパーの待ちうける場所に導くための。

スナイパーの腕は良かった。

脅しではなく、完全に仕留めるつもりで撃ってきていた。

だからこそ、敵は焦って畳みかけるように行動をするかもしれないと思ったのだ。

それで、高野も昨夜は警戒態勢を解かせなかった。

その時は、ボリスのことなど疑いもしていなかったが。

二人は、まだ話を続けていた。

口調は相変わらず穏やかで、ボリスが銃を手にしていなければ何気ない日常的な会話をしているようにしか思えない。

直海はその様子を見ながら飛び出すチャンスを窺っていた。

ヘタに飛び出せばイヴァンが危ない。

かといってタイミングがずれてもいけない。

——チャンスは一度だけだ。

飛び出した後、二十秒、いや十秒もてばいい。

はやる気持ちを押さえ、その時を待つ。

目の前、ボリスが撃鉄を起こした。

その瞬間、直海は注意を引くためにわざと派手な音を立ててクローゼットを飛び出す。

直海だとは気付いていないだろう。ボリスはイヴァンに向けていた銃を咄嗟に音がした方へと向けた。

直海はためらわずボリスへと直進する。

銃声。続けて二発。

それと同時に、何かを体感した気がしたが、その直後に直海はボリスに体当たりをし、銃を持つ手に手刀を入れる。

体格差の違いで転倒させることはできなかったがボリスの手から銃が落ち、直海はそれを蹴り飛ばす。

ボリスはすぐさま今度はナイフを取り出した。

――接近戦に不安の残る相手を頼りにはできない――


イヴァンの言葉が脳裏を掠める。

頼られたいなんて思ってはいない。

時間を稼げばいいだけだ。

ナイフを自分の体で止めてでも。

ボリスのナイフが迷いなく直海へと向かう。

スローモーションのように見えるボリスの動き。

――止めてやる。

そう思った瞬間、銃声がした。

ボリスの体が予想外の方向からの衝撃に傾ぐ。

それと同時に部屋のドアが開け放たれ、高野たちがなだれ込んできた。

制圧は、一瞬だった。

体勢を崩したボリスに複数がのしかかり床に押し付ける。鮮やかな手つきで拘束が行われ、それと同時にイヴァンの前にも盾のように数人が立ちはだかった。

「制圧完了」

その声に直海の世界が普通の速度に戻る。

拘束されたボリスが体を起こされ、部屋の外へと連れ出される。

銃弾を足に受けたようで、引きずっていた。

ボリスの姿が消え、直海が一息ついた時、イヴァンが囲みを解いて近づいてきた。

そしてすぐそばまで来たと思った次の瞬間、

「どうして戻ってきた！」

いきなり怒鳴られた。

「はぁぁ？　命助けられて、それ?!」

どうしてキレられているのか分からない直海は、一息ついたとはいえまだ臨戦態勢で、同じくキレた。

「おまえは全然分かってない！」

「分かるわけないだろ！　フツーこういう状況ならありがとう、だろ？　なんで怒鳴られんのか意味分かんねーし！」

敬語もへったくれもない言葉遣いで直海も応酬する。

「このバカが……っ」

「バカって言う方がバカ……」

「そこまでだ」

子供レベルの罵り合いになりそうな二人を止めたのは、高野の冷静な声だった。

「大久保、直海を治療に連れていけ。腕をやられてる」

その言葉に大久保が直海に近づいてくる。

「行くぜ」

「……はい……」

大人しく直海は大久保に従って部屋を出て、救護班が待機していた別室に連れていかれた。

ボリスが放った二発の銃弾のどちらかが左腕を掠めていたが、肉を持っていかれるほどのものではなかった。

「半分掠っただけだな。二日ほど風呂で沁みる程度だ」

救護班の堤は消毒しながら軽く言う。

「派手な出入りを期待して、いろいろ準備してたのに、この怪我一個かよ」

「マッドサイエンティストみたいなこと言わないで下さい」

直海はため息をつく。

「ボリスさん、足、撃たれてましたよ。俺より程度は悪かったと思うけど」

「ああ、そうなんだ？　そっちへつけばもうちょっと血が見れたかなぁ」

うっとりとした口調で堤に言われ、直海はため息をつく。

「だから怖いです、マジで」

どうやらボリスは救護班の別の誰かが付き添っていったらしい。恐らくもう車でこの場から離されただろう。

高野が入ってきたのは、傷にガーゼをテープで貼られている時だった。

「栗原の怪我の程度は？」

「消毒液がもったいない程度のレベルですね。どうせなら、栗原の前の仕事の時について行きたかったなぁ」

堤がさらりと言うのに、高野が苦笑する。

「まあ、最小限の怪我で済んだのは、こっちとしちゃありがたいよ」

そう言った後、高野は視線を直海へと向けた。

「おまえのことを信頼はしてるが、あんまり無茶をするな。肝が冷えた」

そう言って、息を吐く。

「すみません」

「まあ、おまえがいたおかげだがな」

本部から電話をかけた時、直海は、もしかしたらボリスが情報を流している可能性があるかもしれないと、伝えた。

それと同時に、もしかすると、ボリスが隙をついて事を起こすかもしれない、と。

思い過ごしならそれでも構わない。

ただ可能性があるなら、危険な芽は育つ前につまなくてはならない。

だから、直海は先に入って潜入して様子を窺うと伝えたのだ。

ボリスは直海が外れたと思っているため、何かがあった際に直海がいるだけでも動揺するだろうからと。

もちろん高野は危なすぎると渋ったが、チームを信頼している、という直海の言葉に押し切られたのだ。

「ミスターは？」

「別の場所に移した。おまえのこと、心配してたみたいだぞ」

「命助けて、怒鳴られると思ってなかったですよ」

苦笑する直海に、

「それだけ肝が冷えたんだろ、あいつも」

高野はそう言って直海の頭を撫でた。

「治療、終わったんなら行くか。元気な姿を見せてやった方がいいだろう」

「あの様子じゃ元気だって確認した途端に拳が飛んできそうなんですけどね」

「そうなったら、キドニー《腎臓》に一発お見舞いしてやれ」

えげつないことをさらりと言って、高野は笑った。

◇◆◇

イヴァンが移されていたのは、別荘から少し先にあるホテルだった。

規模は小さいがセキュリティーはしっかりしており、芳樹がクライアントの一時滞在などによく使う場所だ。

とはいえ、昨日までのホテルのような豪奢なスイートルームはなく、ジュニアスイートが一室あるだけだ。

そのジュニアスイートにイヴァンはいた。

ご挨拶をと思いまして、と高野に連れてこられたのはいいが、高野はこの後の打ち合わせのためにさっさといなくなり、部屋には直海とイヴァンの二人だけだ。

そして、会話はない。

ソファーに座したイヴァンと、その斜め前に立つ直海は互いに無言だった。

その均衡を崩したのは、イヴァンだった。

「怪我は」

「掠った程度で、消毒液がもったいないレベルだと言われました」

安心させようとそう言ったのだが、

「何が掠った程度だ……！」

イヴァンは怒鳴った。

「だから、なんで怒鳴られなきゃならないんですか！」

当然、直海も怒鳴り返す。

高野はイヴァンが心配していたと言っていたが、まったくそんな気がしない。

――フツー、よかったな、くらい言うんじゃねぇの、こういう時！

直海がそう思った時、イヴァンはふっと目をそらし、言った。

「おまえが簡単に自分の身を盾にすると分かったから、やめさせたんだ……」

その言葉の意味が、直海には分からなかった。

「それが俺の仕事ですよ？」

クライアントの身を守る。それが最優先事項だ。

しかし、イヴァンは大きくため息をついた。

「こっちはたまったもんじゃない」

そう言った後、とりあえず座れ、とイヴァンは軽く腰を浮かせて自分の隣に直海が座るスペースを空ける。

応じないわけにはいかなくて、直海は失礼しますと断って腰を下ろした。

「……ボリスのことは、ロシアにいた頃から疑っていた。レメショフか叔父、どちらかとつながっているかもしれないと」

「え……？」

「最初からそのつもりで俺の元に来たというわけじゃない。途中で、加担せざるを得なくなったんだろう」

イヴァンはあいまいな言い方をしたが、恐らく理由を掴んでいるだろうと思えた。だが、直海が知らなくてもいい範囲のことだから、ぼかしているのだと分かる。

「ミーシャが死んだ時も、家には俺とボリスしかいなかった。毒を混入させるチャンスがあったのは、ボリスだけだ」

「それなのに、どうして今までそばに……」

解雇すればいい話じゃないのかと思う。命を狙っているかもしれない相手を、そばに置き続けていた心境が分からなかった。

「言っただろう、ミーシャの件は脅しだと。ボリスは実行班ではなく、俺の動向を監視する役目を担っていたはずだ。だからずっと俺のそばにいた。それを突然切り離せば疑われるし、相手の出方も分からなくなる。逆に言えばボリスを泳がせることで相手の動きも多少分かる。……日本へ行くと言った時、ボリスはいい顔はしなかった。仕事がやりにくくなるからな。だが、結局は従った。解雇されるわけにはいかないから」

「いつボリスさんが実行犯になるか分からないのに」

「ああ。だから、適当な人間を自分のそばに置くつもりで芳樹へ行った。二十四時間俺のそばに置いて、もしもの時には盾にできる奴を。正直に言えばそれは誰でもよかった。だが、おまえを見て、どうせそばに置くなら可愛い方がいいだろうと思ったんだ」

正直、散々な言われようだなと思うが、最初からそのつもりだったのだとすれば、ＳＰとしては機動力が劣る直海でもいいと言いだした説明はつく。

「散々な言われようだとは思いますが、まあ納得はできます」

「盾にすると言ってるんだから、多少は怒ってもいいぞ。まあ。途中までは思った通りだ。徐々に遠慮がなくなってくるおまえの反応は面白かったしな。ミーシャは頭は良かったが、さほど従順でもなかったからそういうところも似ていた」

「犬と同列ってところの方が失礼だと思うんですが」

直海が返すと、イヴァンは苦笑した。

「正直、おまえの怒りどころがよく分からんな。そういうところも気に入ってるが、俺にとってはそこが誤算だった。——俺にとって、おまえの存在価値は『何かの時に盾にするため』だ。だが、それができるか徐々に分からなくなった。昨日の狙撃の時、おまえはすぐに起きあがらなかった。俺をかばって撃たれたのかと思ったら生きた心地がしなかった。死なせたくないと、そう思っている自分に気付いて、だからおまえを俺から離したんだ」

それは思ってもいない言葉だった。

解雇の理由は、即戦力として足りないからだと——それは直海自身が痛感していたことだから、信じた。

まさか、そんな理由だったなんて、誰が思うだろう。

「それなのにおまえは……一番危ないところで飛び出してくるな！」

イヴァンは再び怒鳴り、ついでに直海の頭をはたいた。

「い……っ、だってそれが俺の仕事なんです！」

叩かれた理不尽さに直海は眉を寄せ、言い返す。

その直海に、イヴァンは少し沈黙した後、静かな声で聞いた。

「仕事だから、助けたのか」

それは今までとはまったく違う表情で、直海は調子を狂わされる。

「……それも、ありますけど」

仕事だから、というだけなら、動かなかったかもしれない。

何しろ自分は解雇された身だったし、直海でなくとも動けるメンツは先着して別荘の準備をしていた中に何人もいた。

直海はただ自分の推測を高野に伝え、後は丸投げしてもよかったのだ。

けれど、できなかった。

「他の理由は？」

イヴァンが問う。それに直海は一度軽く唇を噛んでから、口を開いた。

「理由なんか、分からないですよ。ただ、死なせたくなかった。俺がちゃんと、守りたかった」

「自分の命をかけてもいいと思うほど、俺が大事か。——仕事だっていうのを抜きにしても」

「……そういうことなんじゃないですか？　分からないけど」

本当に、分からない。

だから、イヴァンが言った言葉に適当に乗っかったのだが、

「おまえ、それが熱烈な告白になってることに気付いてるか？」

そう言われ、直海は首を傾げる。

「え？」

「だから、おまえはミーシャと同レベルだっていうんだ。『仕事を抜きにして、命がけで助けたいくらい俺のことが大事』なんだろう？」

改めてまとめて言われ、直海は真っ赤になる。

「いや、それは…違う……と」

「どう違う。どうせおまえのことだ『おまえを失いたくないから解雇した』という俺のセリフもどうせ適当に処理したんだろう」

イヴァンの言う通りだ。

さっき同じ意味のことを言われたがスルーしていた。

そして改めて言葉にされて、言外の意味を知る。

「いや、だって、それはその……」

顔を真っ赤にして焦る直海を、イヴァンはニヤニヤと笑いながら眺める。

――恥ずかしい。なんか超恥ずかしい！


けれど。

イヴァンを死なせたくないと、どうしてあれほどまでに強く思ったのか。

自分の命を危険に晒してもいいと思うほど。

顔だけは綺麗だけれど、我が儘で傲慢で、あまつさえ強姦まがいに抱かれて。

そんな相手なのに、どうしてと思う。

解雇されて、せいせいしたと思えばいいはずなのに、涙が出たのはなぜなのか。

導き出される答えには気付いている。

けれど、それを素直には認められなくて――

「それは、だってまだ俺、ミスターに振るわれた暴行の賠償請求もしてませんから！　その前に死なれたら、やられ損ですし！」

憎まれ口を叩くしかなかった。

だが、そんなことはイヴァンは見通し済みで、

「示談で済ませてくれ。責任を取って嫁にもらってやるから」

そう言って笑う。

「よ、嫁とか、ふざけんな」

プロポーズまがいの言葉に、直海はそう言うが、口調は弱く、顔は真っ赤だ。

そんな直海の頬に両手を当て、イヴァンはすっと距離を詰める。そして吐息が触れるほどの近くで、囁いた。

「では、真剣に言おう。愛してる。おまえを失いたくないと思うほどに。……だからおまえも俺を好きだと言え。絶対に幸せにしてやる」

その自信はどこから来るんだよと、憎まれ口の一つも叩きつけてやりたかったが、できなかった。

気付いたばかりの自分の感情と、イヴァンに与えられた気持ちで胸がいっぱいで。

——ああ、畜生……。

胸の内で毒づく。

返事をしなくても、どうせ直海の気持ちはばれている。

けれど素直にはどうしても言えそうにない。

だから、直海はイヤイヤ言ってます、という態度をわざと作り、

「そこまで言うなら、仕方がないんで、婿にしてやります」

そう言う。

まったく素直じゃない、と苦笑するイヴァンの顔がさらに近づいてきて、直海は目を閉

じた。

　優しく触れた唇は一度離れ、次に触れた時には貪るような口づけに変わっていた。

「あ……っ、あ、ああっ」

　ベッドの上で、直海は震えながら淫らな蜜を放つ。

　口づけだけで腰が立たなくなるほど骨抜きにされた直海は、クライアントのイヴァンに抱きかかえられてベッドへと運ばれた。

　そして、蕩けるような濃い愛撫を——途中からは完全に焦らすためのもののようにしか思えなかったが——施されて、ようやく与えられたイヴァンの熱塊に中を擦られただけで呆気なく達してしまったのだ。

「相変わらず、おまえは感じやすいな」

「触……るな…っ」

　弾けたばかりの直海自身を手で嬲りながら、イヴァンは直海の顔を満足げな笑みを浮かべつつ見つめる。

「だが、好きだろう？　イったばかりのこれを嬲られながら、後ろを強くされるのも」

イヴァンは言葉通り、自らの蜜に塗れた直海自身を指先で嬲りながら、腰を回すようにして揺らす。

その途端、直海の体が湧き起こる悦楽に跳ねた。

「ああっ、あ…バカ……やめ……」

「やめていいのか？　おまえの中はやめてほしくなさそうに俺に食らいついてるぞ」

揶揄《やゆ》する言葉に、直海は頬を赤くする。それを見ながら、イヴァンは言葉を続けた。

「自分でも分かってるだろう？　今もヒクついて、俺のものに絡みついて絞り取ろうとしてるのが……」

「…っ……言うな…」

「もっと欲しくて、仕方がないんだろう？」

羞恥に目を潤ませる直海に甘く囁いて、イヴァンは最奥まで埋め込んだ自身をズルズルと引き抜いていく。

それを引きとめようと強く窄まることで、擦られる感覚がさらに強まり、直海の体に蕩けそうな愉悦が湧き起こった。

そして、窄まった肉襞を抉じ開けるように、イヴァンは不意をついて打ち込んでくる。

「やぁ……っ、あ、強…ぃ……」

「それも好きなんだろう？　こんなにビクビクさせて……」

イヴァンの手の中で直海自身はまた震えながら熱を孕み始めていた。

「何度くらいイけるか試してみるのも一興だな」

笑いながら言うイヴァンだが、目は半ば本気だ。

「やめろ……」

弱い声で、直海は制止する。

「遠慮するな。どうせおまえは解雇された身だ。明日も仕事は休みだろう？」

「本部に…出勤……なんだよ」

「なるほど。じゃあ、おまえの解雇は取り消してやる。それなら明日、一日ここで寝ていても誰も文句は言わないはずだ」

「ミーティングが……ちょっと、待て…、バカ、動くな……」

押し問答を続ける気はないらしく、イヴァンは黙れという代わりに腰を使い始める。貪欲な内壁は与えられる刺激に悦んで、直海にねっとりとした悦楽を伝えてくる。

「ああっ、あ……、ダメだ…、それ、あ、奥…回す、な……」

最奥までねじ込んだ後、腰を回すように動かされて、直海は強すぎる快感に陸に上げられた魚のように体を跳ねさせた。

「まったくおまえの口は嘘ばかりをつく……。本当はいいんだろう？　ここを、こんな風にされるのが」

言葉とともに、リズムの掴めない動きで抽挿されて、直海は体をのたうたせる。

「ああっ、あ、やめ…、あぁっ、あ、あぁああっ」

「キツ……」

笑みを含んだ苦鳴を漏らしながら、イヴァンは幾重にも絡みついてくる媚肉をすり潰すような動きで、蹂躙した。

「やぅ……ぁっ、あ、嫌…何、やだ…や、待……っ」

切羽詰まったような声を上げ、直海が大きく震える。それと同時に強烈な締めつけがイヴァンを襲う。

「…っ……」

持っていかれそうになるのを、すんでのところでイヴァンは堪えた。

「や…ぁ、あ、あ」

ビクビクと震える直海の様子は明らかに達してしまった後のものだ。だが、手の中の直海自身は蜜を吐いた様子がなく、硬くなったままだ。

「ドライでイったようだな」

呟いたイヴァンの言葉は、直海には届いてはいなかった。

呆けたように体を弛緩させて息を継ぐ直海をイヴァンはしっかりと押さえつけると、強く自身を打ち込んだ。

「あぁっ、あ……！　あっぁ、あ、何、嫌だ、嫌……」

イヴァンが動くたび、絶頂が際限なく訪れて、恐怖さえ覚える。

「もう少し……」

「や…、おかし……くな…、ふ…ぁ……、あっ、あ、ああ！」

悲鳴じみた声を上げつつ、絶頂に飛んだままの直海の体を揺すりながら、最奥まで貫いて、イヴァンはそこで熱をぶちまける。

「やぁ……っ、あ、中…あ、あ」

肉襞に浴びせかけられる飛沫の感触でさえ、直海に深い愉悦をもたらし、繰り返し体を痙攣させた後、直海は糸が切れるように、ふっと意識を飛ばした。

それでも、イヴァンを包み込む肉襞は震えながらも強欲に絡みつき、イヴァンを唆してくる。

それに苦笑しながら、イヴァンは意識を飛ばした直海に口づけた。

「安心しろ、こんな体にした責任もちゃんと取ってやる」

甘く淫らな囁きに、直海の唇が答えようとするかのように微かに動く。

それを優しく見つめた後、イヴァンは直海の中で熱を盛り返している自身で緩やかに抽挿を始めた。

「ん……」

まだしっかりと意識を取り戻してはいなくとも、与えられる刺激に反応して唇から甘い声が漏れる。

浅い場所で引いて、一番弱い場所を抉った。

「ふ……っ…あ、あ」

目蓋がピクリと動き、そして瞬きが繰り返される。

ぼんやりとした様子で現状を把握しようとしている様子の直海に、イヴァンは笑みかける。

「眠り姫に有効なのはキスだけじゃないようだな」

「何…言っ……ぁ、あ、待……っあ、ああ！」

そのまま、一気に奥まで押し入られる。

連続した絶頂の余韻から冷めていなかった直海の体は、簡単に熱を取り戻して、押し入られただけの動きにもかかわらず悶えた。

「物覚えのいい体だな……あの程度のインターバルなら問題ないらしい」

揶揄するような言葉に、直海はイヴァンを睨みつけ、ばかやろう、と日本語で呟く。しかし、

「日本語でも悪態をついたのだけは分かるぞ。そんな悪態しかつけないなら、喘ぐだけにさせてやろう」

楽しげな顔で意地悪く言うと、イヴァンは中で自身を回すようにして腰を使う。

「や……ぁ！　あ、あっ」

完全に絶頂を呼びもどした直海の体が大きく揺れる。

「もう、後ろだけで何回でもいけるだろう？」

「い…ゃ……っ、あ、擦る…な……」

逃げようとするかのように直海の手が持ち上がる。だが、その手は反抗を示すよりも先に、深すぎる悦楽に縋るものを探してイヴァンの肩を捕らえた。

「ああっ、あ、あ……っ」

気が遠くなるほどの愉悦の波が押し寄せて、直海は翻弄されるしかなく、唇からはイヴァンの宣言通り嬌声しか上がらなかった。

「そのまま俺に溺れていればいい」

甘い声で囁くイヴァンの言葉に、直海の体がその予感に小さく震える。

それに満足そうに笑んだイヴァンは、直海の足を抱え直し、直海の体を蹂躙していく。

「ああ……っ、ああ、あ」

与えられる悦楽を貪るようにして、直海の体が淫蕩に揺れた。

心も体も愉悦に蕩けきり、直海が文字通り指一本すら動かせなくなるまで、この甘い宴は続くのだった。

◇◆◇

「で、いつになったらロシアに帰るんですか？」

一カ月後、最初に滞在していたホテルに戻ってきたイヴァンの元で、また二十四時間勤務についた直海は、呆れた口調で聞いた。

「仮にも恋人に対して、帰れというようなその口調はなんだ」

多少むっとした様子でイヴァンは言う。

「帰れとは言ってませんよ、いつまで日本にいるのかって聞いてるんです」

予定の一カ月を過ぎ、二週間ごとに延長するということで継続しての任務についているが、さらに二週間の契約延長が決まり、直海は予定を聞かざるを得なかった。

「前にも言っただろう。レメショフが厄介なんだと」

「でも、ボリスさんは捕まったわけだし」

ボリスは銃刀法違反で逮捕され、現在拘留中だ。いや、拘留という名の保護といっていいだろう。

ボリスは身内を人質に取られ、レメショフに加担するしかなく、そのレメショフが任務に失敗したボリスを生かしておくわけがない。

そのため、保護を兼ねての拘留なのだ。

「レメショフの力をある程度削ぐまではおちおち戻れないと前にも言っただろう」

「いつ削ぐんですか」

「おまえ、そんなに俺に帰ってほしいのか?」

半ばキレ気味にイヴァンは問い返してくる。

「そういうわけじゃありません。まあ、若干、夜が重荷なんで、帰ってくれればそこは楽になるだろうなとは思いますけど」

あっさり直海は言い返し、イヴァンは眉根を寄せる。

あれから、ほぼ毎晩、直海はイヴァンに抱かれている。

二回は確実なので、正直、キツい。

体力的にもキツいが、一番キツいのは睡眠時間の問題だ。

「仕方がないだろう、いやらしすぎるおまえの体が悪い」

「触らないでくれれば反応しないんで、ホント、毎晩とか勘弁して下さい」

即座に返すとイヴァンは面白くなさそうな顔をする。

「恋人を抱きたいと思って何が悪い」

「悪いとは言ってません。程度の問題だとは思いますけど。高野さんにも、怪しまれてるんですから」

直海が高野の名前を出した途端、イヴァンはあからさまにむっとした。

「おまえ、本当は高野とデキてるとかってことはないんだろうな？」

言うに事欠いて今度はそれかと直海はため息をつく。

「なんでそういう発想になるんです？」

「高野はおまえに必要以上に目をかけているじゃないか。おまえも二言目には高野、高野で、おかしく思わない方がどうかしてる」

「チームリーダーなんですから、俺が高野さんにいろいろ相談しても不思議じゃないでしょう？」

「度が過ぎてるって言ってるんだ」

どうやら、高野に嫉妬している様子で、直海は少し嬉しくなる。

「俺にとっては、兄みたいな存在です。そうそう男を恋愛対象としては見られないですよ、俺は。今は、ミスター一人で手いっぱいです」

「ミスター？」

眉根を寄せたまま言いかぶせられて、直海は小さく息を吐いた。

「イヴァンだけで手いっぱいです」

名前で呼ぶようにと言われたのは、気持ちを確認し合った翌日の朝のことだ。

けれど、人前で名前を呼ぶわけにもいかないので、なかなか言い慣れず、つい「ミスター」と呼んでしまう。

「いい加減、慣れろ」

「気をつけてはいるんですけどね」

「今度から呼び間違えるたびに、夜に一度追加だ」

ニヤニヤと笑ってそんなことを言うイヴァンに、直海は盛大なため息をつきながら、そのうち高野に絶対バレるな…と思う。

「ホント、早くロシアへ帰って下さい。俺の身が持ちません」

「その時にはおまえも連れていく。安心しろ、おまえのため専任のマッサージ師をつけてやる予定だから」

欲望を加減するという選択肢を持ち合わせないイヴァンに、直海は胸の内でもう一つ盛大なため息をつく。

それでも、惚れた弱みだなと、苦笑するのだった。

おわり

あとがき

こんにちは！　あまりに運動をしないため、通っている整骨院で「このままだと確実にロコモーティブシンドロームになりますよ」と言われた松幸かほです。

それって相当ヤバくね？　と思いつつも、運動する気が微塵も起きないダメっぷり……。

ついでに、片付ける気も皆無です↑ダメな人すぎる。

と、今回も順調に自虐ネタから入ってみたところで、作品について触れたいと思います。

ボディーガードですよ、ボディガード。

ボディーガードっていうだけで、♪エンダァァァァァァ…とあの名曲が脳裏によみがえります。ホイットニー…あなたの歌は最高だった……（涙）。

で、そのボディガードを受けに、クライアントを攻めにしてみたんですが……このボディガード、凄い口悪い（笑）。

一見、丁寧に喋ってる風なのに、その中身が……辛辣っていうか、どんどん容赦がなくなっていく。

書いていて非常に楽しいキャラクターではあったのですが、まあ、クライアントがクライアントだから、致し方ない……と言うことにしておいて下さい。

そんな二人を描いて下さったのは北沢きょう先生です。

一緒に仕事をさせていただくのは二度目なのですが（前回は他社さんです）、今回もラフの段階で、もうすでに思った通りの二人を描いて下さいまして……。直海の強気美人なところとか、イヴァンの暴君が許される美形っぷりだとか……なんて眼福！　と悶えた次第です。

表紙の直海のはだけた胸元のおいしそうなことと言ったら、もう…うっとりです（↑発言が変態寄り）。

本当にありがとうございました！


さて、今回あとがきのページを3ページいただきまして。

何を書こうかなと思うわけですが……旬のネタとしては伊勢神宮の式年遷宮でしょうか？

なお、前回の式年遷宮、相方のまいちゃんともう一人の友人と三人で出かけたのを覚えております。

あれから二十年か……。相方とのつきあいも人生の半分以上を過ぎているのかと思うと感慨深いです。出会ったのが小学生の時だから（大嘘）。

そう言えば出雲大社も同じく遷宮で、こちらは六十年ぶり。ダブル遷宮ということで、何とか年内に両方にお参りしたいと思います。

出雲は行く予定があるのですがお伊勢様の方がね……、ヘタに近いと「いつでも行ける」な感じでついついあと回しに。

この本が皆様のお手元に届く頃には、お参りを済ませていると思いたいです。

と、つらつら雑感を書いているうちにそろそろ締めに入らねばな状態に。

いつも拙作を手に取って下さる皆様、本当にありがとうございます。こうして書き続けていられるのも、読んで下さる皆様のおかげです。

読んで下さる皆様に楽しんでいただけたら、書き手としてはとても嬉しいです。

これからも頑張りますので、どうぞよろしくお願いします。

二〇一三年　すでに湯たんぽがヘビロテ中の十一月初旬

松幸かほ

プリズム文庫

社長と息子は恋敵★
koigataki
松幸かほ
Illustrated by
宝井さき
楠原睦は老舗百貨店のおもちゃ売り場で働いている。物腰柔らかな睦は、大人だけでなく子どもの顧客からも大人気だ。ある日、売り場に男の子が一人きりで現れた。なんとその子どもは社長・伊勢崎の息子だという。懐かれてしまった睦は子どもを伴い社長室へ向かうが、間近で見る伊勢崎は物凄く格好よくて、睦は場違いにもドキドキしてしまい…。父子は恋のライバル!?

プリズム文庫

鍵盤上のマリアージュ
Mariage sur le piano
松幸かほ
Illustrated by 有馬かつみ
ステンドグラスからの光が美しい模様を描くチャペルに、拍手が響く。ホテルのチャペルで結婚式の伴奏をしている高倉夕貴は、練習中に美しい男と出会う。フランスから仕事で来日したという財閥の御曹司・リュカは、夕貴にもっとピアノの勉強をしてみないかと勧めてきた。無名のピアニストである夕貴は戸惑うが、熱心に口説かれてフランス行きを決める。しかし待っていたのは、リュカとひとつ屋根の下のゴージャスな留学生活で――。

プリズム文庫

異邦人の求愛
―甘やかな腕に抱かれて―
Illustrated by
宮沢ゆら
松幸かほ
父親を亡くした槙は、親戚の貿易商の桂木家で育った。その桂木家の主人が昔、槙の母に想いを寄せていたことから、奥方の峰子につらくあたられるも、日々は平穏であった。ある日、桂木家の嫡男・哲が、来日していた独逸人貴族であるヴィクトールを家に招く。日本の文化に興味を持っているヴィクトールに頼まれ、あちこち案内するうちに、二人の距離は縮まって――。

プリズム文庫をお買い上げいただきまして
ありがとうございました。
この本を読んでのご意見・ご感想を
お待ちしております!

【ファンレターのあて先】
〒153-0051 東京都目黒区上目黒1-18-6 NMビル
(株)オークラ出版 プリズム文庫編集部
『松幸かほ先生』『北沢きょう先生』係

プリズム文庫

独占警護

2014年1月23日 初版発行

著 者 松幸かほ
発行人 長嶋うつぎ
発 行 株式会社オークラ出版
〒153-0051 東京都目黒区上目黒1-18-6 NMビル
営 業 TEL:03-3792-2411 FAX:03-3793-7048
編 集 TEL:03-3793-8012 FAX:03-5722-7626
郵便振替 00170-7-581612(加入者名:オークランド)
印 刷 図書印刷株式会社

 ISBN978-4-7755-2180-9